未来に生きる・舞

原 哲夫
Hara Tetsuo

文芸社

未来に生きる・舞◉目次

急な知らせ

二〇四二年九月十八日の朝六時二分に、私は母の夫である高木からの電話で目を覚ました。


「舞ちゃん、ごめん、朝早くから」

「うん。……どうしたの」

私の頭はまだ半分眠っていた。

「愛海が、いやお母さんが危ないんだ。早く帰って来て」

「えっ、お母さんが危ないって、どういうこと？」

「命が危ないってこと」

「なんで！　どうして」

私の頭は混乱した。

「お母さんは二年ほど前に乳がんが見つかり、治療していたんだが、肺とか肝臓とかに転移していて、かなり危ない状態なんだ」

「なんで私に教えてくれなかったの」

「ごめん舞ちゃん、愛海が舞ちゃんには知らせないでと言うものだから」

「それでも、ないしょで知らせてくれてもよかったのに」

「確かにそうだけど。今は早く帰って来て」

「うん。すぐに行く」

　私は電話を切ると、すぐにタクシー会社にメールをした。大家の星野さんに京都に帰ることを告げると、迎えに来てくれたタクシーに飛び乗った。

「JR深川駅まで、急いでお願いします」

「はい。わかりました。乗る列車は決まっていますか」

　タクシーの音声機能が反応する。今ではタクシーが無人運転になっている。

「いいえ。時刻表がわからないので」

「それでしたら調べてみます。どこへ行くのですか」

「千歳までです」

「今からでしたら、深川発九時四十八分の特急ライラックに間に合うと思います。札幌で千歳空港行き快速に乗り換えてください」

音声機能が素早く反応する。

「ありがとうございます。わかりました」

タクシーは国道を海岸線沿いに南下した。空はどんよりと曇り、九月十八日だというのに冬を感じさせる風景である。やはり北海道だ。京都では夏の季節が終わり、秋の季節に移りつつある頃だろうか。私の胸は張り裂けそうに苦しかった。


私はずっとお母さんといっしょだった。お父さんは家にいないことが多かったし、私が小学校四年生の時にお父さんとお母さんは離婚した。離婚の理由は、お父さんに別の好きな女性ができたからだ。その女性は日本舞踊を教えているお祖母ちゃんの弟子の一人だった。

お母さんも、かつてはお祖母ちゃんの弟子だった。お父さんはお祖母ちゃんの弟子を次々と自分のものにしていったのだ。だから、私はお父さんを好きではない。お母さんは私が中学二年生の時に高木と再婚した。高木はお父さんと比べると、もさい。熊みたいでぬぼーっとしている。それに話し方がゆっくりでだるい。以前は東京で中学校の先生をしていたらしいが、今は私の通っているマクドナルド記念国際学園中学校・高等学校京都三条校の先生をしている。

国道から見える日本海は、空の色を反映して薄黒い。タクシーは留萌《るもい》の街を横切り、深川へと向かった。かつてあったJR留萌本線の廃線あとのレールがところどころに見える。上原さんが一年ほど前に「北海道は東京の政府から見捨てられている」とぽつりと言ったことがあったが、その通りかもしれない。上原さんはソフトボール部の先輩で、羽幌《はぼろ》沖にある天売島《てうり》に住んでいる。体育の教師である勝山先生の夫でもある。

JR深川駅には九時三十分過ぎに着いた。私はすぐに切符を買い、それからパンとトマトジュースを買った。深川のトマトジュースはおいしいことで知られていた。

私がホームに入ると、まもなく特急ライラックが到着した。自由席の車両は割と空いていて座ることができた。窓から見る風景は羽幌より緑色が濃い。かなり南に来たことが感じられた。札幌で快速に乗り換え、さらに千歳空港に着いた。千歳空港の中は大変な混雑であった。ビジネス客に加え、外国人観光客が多い。近年は中国、韓国のほか、タイ、ベトナム、マレーシア、ロシアからの観光客が増えている。私は伊丹行きのチケットを買うことができた。残りのチケットはわずかになっていた。

飛行機の中は満席であった。いつもなら飛行機が離陸してまもなく眠ってしまうのだが、母が心配でたまらない。

お母さん、死んでしまっちゃいや。舞を一人にしないで。

今までお母さんが死んでしまうなんて一度も考えたことがなかった。お母さんはまだ四三歳だ。平迫のお祖母ちゃんぐらいは生きてもらわなくてはいけない。お母さん、死なないで。

ポロッと涙が落ちた。

高木はなんで、もっと前に知らせてくれなかったんだ。いくらお母さんに口止めされていたとしても知らせることはできたのに。何をしていたんだ。悔しい。涙が止まらない。

お母さんのことを思いめぐらしている間に飛行機は静かに伊丹空港に着陸した。ロビーには、ふわっと暖かい空気が流れている。ああ、大阪まで帰ってきた。京都まであとわずかだ。お母さん！

タクシーで新大阪駅まで行き、そこから新幹線に乗った。京都駅に着くとタクシー乗り場に急ぎ足で向かった。タクシー乗り場は長い行列ができていた。私はイライラしながら順番を待った。五分ほど待ってタクシーに乗ることができた。

「鴨川東病院まで行ってください」

音声機能の反応がなかった。故障しているのだろうか。無言でタクシーは出発した。私の声が聞こえているのであろうか。烏丸通りを北へと進んでいっているのだから、たぶん聞こえているのだろう。丸太町通りから東へと進む。木々がまだ濃い緑だ。

やがて、タクシーは鴨川東病院に着く。受付でお母さんの病室を聞く。五階の二十八号室だ。エレベーターを待つ時間が苦しい。早く会いたい。五階に着き、二十八号室を探す。エレベーターの近くに矢印がついている。二十号室から三十二号室は右側だ。矢印に従って歩いていくと高木愛海の名札があった。

私は病室の前で大きく深呼吸をした。お母さんがどんな状態になっていても驚かないぞと自分に言い聞かせた。トントンとドアを軽くノックする。反応がない。私はドアをそっと開けてみた。お母さんがベッドで眠っている。

「お母さん、舞だよ」と言ってみたが、お母さんは眠ったままだ。高木はどこへ行ったのだろう。妹の「をどり」はどうしているのだろう。

私はあらためてベッドに眠るお母さんの顔を見た。前に会った時より少し痩せているように感じた。私は病室の中を見渡した。何の変哲もないクリーム色の壁だ。ベッドのそばのテーブルの上に写真があった。私たち家族の写真だ。去年の五月に羽幌で撮った写真だ。この時はお母さんが元気なように感じた。

「舞ちゃん、ありがとう」

後ろを振り向くと高木が立っていた。

「あっ、高木さん。お母さんはどうなったの」

「今は眠っているんだ。この一週間ぐらいは眠っている時間が増えてきていて、医者が『意識があるのはこの三日ぐらいだから、会わせたい人がいるなら今のうちに』と言うので、舞ちゃんに電話したんだよ」

その時、お母さんの目が開いた。

「お母さん」

「あっ、……舞ちゃん」

お母さんはことばを言うのが苦しそう。

「お母さん、早く元気になってね」

私は涙声になっていた。

「ごめんね舞ちゃん。……お母さんがいなくなったら、幹也さんを頼りにしてね。お願いしてあるし、大学に行く費用も頼んであるし、……それから、をどりをかわいがってあげてね」

「わかってるし、をどりを大切にするし」

あれっ、をどりがいない。をどりはどうしているんだろう。

「お母さん、をどりはどこにいるの」

「をどりは僕の実家に預けているんだよ」

高木がぼそっと言った。

「そうなの」

お母さんは何の反応も示さなかった。

「舞ちゃん、疲れているだろうから、一度家に帰って寝たら？　僕もいっしょに帰るよ」

「舞ちゃん、そうしたら。お母さんはまだだいじょうぶよ」

もっと、お母さんのそばにいたかったが、家に帰ることにした。

「僕が車で来てるから、送っていくよ」

「えっ、車を買ったの」

「うん。中古の軽をね」

「ふーん」

「仕事で使うから。マクドの京都三条校だけでなく、京都桂校、京都城陽校と三校兼務だからね」

「ふーん。頑張ってんだ」

「まぁな。じゃ行こう」

「うん。お母さん、明日また来るから」

「舞ちゃん、ここの病院の面会時間は午後一時からよ」

「あっ、そう。じゃ、昼過ぎから来るよ」

　私は高木の後ろについて、病室を出た。エレベーターで一階まで下りて、玄関まで来ると高木がバッグから車のリモコンを取り出してボタンを押した。三分ほど待っていると、シルバーグレーの軽自動車が玄関前にやって来た。

「舞ちゃん、後ろに乗って」

「うん」

　なんか暗い色の車体だ。私は後ろの座席に座った。車は静かに動き始めた。

「高木さんの実家は東京だったよね」

「そう。母がをどりの世話をしているんだよ」

「ふーん。会いたいな」

「ありがとう。お母さんが一段落したら連れてくるよ」

「そうして」

高木とはそれ以上の会話をしなかった。

懐かしい家の近くにある駐車場に着いた。

「舞ちゃん、今日は一人で泊まってくれるかな」

「えっ」

「僕は病院に戻って、泊まってくるから」

「病院に泊まっているんだ」

「三日前から」

「ふーん。ありがとう。私の前のお父さんだったら、そんなことをしないよ。お母さんがどんな重い病気になっても、きっと愛人のところに行っているよ」

高木は黙って玄関をリモコンで開けた。私は高木について家の中に入った。懐かしいお母さんとをどりの匂いがした。

「舞ちゃん、冷蔵庫の中に弁当とシュークリームとリンゴジュースが入っているし。朝ご飯は近くのコンビニから届くようになっているし、玄関の宅配ボックスにあるよ」

「ありがとう。高木さんって親切なんだ」

「僕はこれで病院に戻るけど、何か心配なことがあったら、電話して」

「うん」

「家のリモコンを置いていくから、明日の午後一時に迎えに来るよ。それまでゆっくりしといて」

「うん」

高木はそのまま病院に戻っていった。


うわっ、私はこの家に一人で泊まるの？　この家に引っ越してきてから、一人で泊まるのは、初めてのことだ。いつも、お母さんといっしょだった。そのうちに、高木がやって来て、しばらくして妹のをどりが生まれた。

私は踊りの練習場に入った。テーブルの上に家族の写真が置いてあった。去年に羽幌で撮ったものだ。お母さんとをどりが笑っている。この時、お母さんはすでに癌だったんだ。それで、三人で羽幌にやって来たんだ。

私はまったく気が付かなかった。悔しい。その夜は、初めてこの家で一人で過ごした。興奮しているのかあまり眠れなかったが、夜明け方に近づいてから眠った。

朝、八時頃になって目を覚ました。台所に行き、水を飲んだ。この台所でお母さんと肉じゃがをいっしょに作ったことを思い出した。もう二度とあんなことはできないのだろう。鼻がつーんとして、涙が湧き出してきた。悔しい、なんでお母さんが死んでしまうのだろうか。

玄関の宅配ボックスに行ってみると、朝食セットが届いている。扉を開けてみると、木の箱が入っている。それを居間のテーブルに置いて開けてみると、食パン、紙パックに入った目玉焼き、野菜サラダ、リンゴジュースがあった。私は目玉焼きを電子レンジで温めた。それから、テレビをつけて食べ始めた。この家で、一人で食べるのは寂しい。お母さんやをどりと食べたことが思い出された。もう、あんな日は戻ってこないのだろうか。頭の中が真っ白になっていく。食べ物の味がまったくわからない。とりあえず口の中に食べ物を入れた。

私は食べ物の入っていた容器を宅配ボックスに戻した。このあと、一時まで何をしていようか。マクドナルド記念国際学園京都三条校に行ってみようか。担任の久遠先生、ソフトボール部の堀江先生はいるのかどうかわからないが、とにかく行ってみよう。この家に一人でいても気持ちがふさぐばかりだ。

私はバスに乗って学校に出かけた。市バスの中は相変わらず、外国人観光客が多い。イスラム圏から来ている人が増えているように感じた。バス停で降りて学園に向かった。鴨川から吹いて来る風が涼しくて、心地よい。

「中学校卒業生の高木舞です。堀江先生か久遠先生はおられませんか」

私は職員室の入り口近くに座っていた男性教師に声をかけた。

「堀江先生は転勤して、いないよ。久遠先生は今、授業中だけど、あと十五分ほどで終わるから相談室で待っていたら」

私は相談室に行って椅子に座った。壁にはマクドナルド記念国際学園の創立者である羅《ら》浦泰造《うらたいぞう》の大きな写真が貼ってあった。その隣にはマクドナルド記念国際学園資料館の写真もあった。この資料館は北海道羽幌町の焼尻島《やぎしりとう》にある。私は中学生の時に二度見学した。相談室の写真をゆっくり見ていると、チャイムが鳴った。まもなく、久遠先生が相談室にやって来た。

「オッ、元気そうだな」

「先生もお元気そうですね」

「うん。まぁなんとかやっているが、君の入っていたソフトボール部は今年度で廃部になることになったんや」

「後輩の立花から聞いています」

「あの子も本校に行ったんやな」

「はい、知っている子が入ってきて、嬉しかったです」

「ところで、お母さん大変なようやな」

「はい、それで羽幌から帰って来たんです」

「高木先生は二か月前から看休を取っているしな」

「えっ、かんきゅう?」

「ああ、看護休暇のこと」

「二か月前からですか。私はまったく知らずに羽幌でのんびりしていました」

「そうか、君に心配をかけんとこと思ったんだろう。次に授業があるからこれで失礼するよ」

「すいません。突然来てしまって」

「元気でな。お母さんのこと、高木先生に任せておけ」

「はい。ありがとうございました」

久遠先生は足早に職員室へと戻っていった。

私は校舎を出ると鴨川東病院まで歩いた。高木には歩いて病院へ行くことをメールで伝えた。歩道を歩く人たちのことばは外国語が多い。私は異国に迷い込んだような不思議な気持ちになった。

病院に着き、病室に行くと高木がぽつんとソファに座っていた。

「あっ、舞ちゃんありがとう」

「うん。こちらこそ、お母さんがお世話になってありがとう。二か月前から看護休暇を取っていたんやって」

「うん。まぁ」

「私のお父さんやったら、こんなことしーへんかったわ」

「……僕は会ったことがないから、どんな人か知らないけど」

「高木さんとまったく違う、いいかげんな人よ」

「……そうなのかな？　よくわからないけど」

「お母さんは、あとどのくらい生きることができるの？」

「今月いっぱいもてばいいかな」

「話ができるのは、あと数日なのね」

「たぶん。そうだと思うよ」

「平迫のお祖母ちゃんに知らせていいかな。踊りの元師匠だもんね」

「いいよ。舞ちゃんの判断に任せる」

「お父さんに知らせないけど、いいかな」

「それも舞ちゃんの判断に任せる」

「ありがとう」

「もっと前から高木さんを信頼すればよかった。変な子でごめんね」

「いやぁ。こちらこそ変なおっさんが居ついてしまって、迷惑をかけたと思うよ」

「確かに私にとって迷惑だったけど、お母さんが幸せだったからいいよ」

「…………」

「あのう私、病院に泊まりたいんだけど、いいかな。あの家に一人で泊まるのは寂しいよ」

「うん、いいよ。今度は僕が家に帰るよ」

「ありがとう」

お母さんが病気になったのは悲しいけど、高木と親しくなれたのは嬉しかった。

その日から私は病院に泊まった。お母さんと会話をできる時間が減っていった。


そして、私が京都に帰って八日目にお母さんは静かに息をひきとった。私はもう涙が出なかった。これから、自分がどう生きていくのかが心配になった。葬儀には平迫のお祖母ちゃんが来てくれた。お祖母ちゃんは私の耳元で「明日にでもうちにおいで、話したいことがあるから」とささやいた。そう、私もお祖母ちゃんと話をしたかった。

それで翌々日にお祖母ちゃんの家を訪ねた。

「よく来てくれたね。舞は私のただ一人の孫だから、心配なんだよ」

「ありがとう、お祖母ちゃん」

「舞は北海道の山の中の学校になんかにいないで、京都の高校にすぐに転校しなさい」

「山の中じゃないわ。海の近くよ」

「それはどっちでもいいけど京都に戻って来て、うちに住みなさい。転校にかかるお金は出すし、早く手続きしよし」

「お祖母ちゃん、心配してくれるのは嬉しいけど、私はあの高校を卒業したいのよ」

「まぁ、あと数か月のことだから、それは待つとして、京都の大学に入りなさい」

「今のところ卒業後のことまで考えられへんの」

「急ぎはしないけど、大学に行かないのならお祖母ちゃんの内弟子になりなさい。そして平迫流を継ぎなさい。そうしてくれるとお祖母ちゃんは嬉しいよ」

「そうかもしれないけど、私の前にお父さんがいるでしょ」

「あれはだめだよ。あんなのに継いでもらったら、先代に申しわけないよ」

「それはよくわからないけど、私は日本舞踊をする気はないわ」

「舞はいい筋をしてるよ。ほっとくのはもったいないわ」

「今は日本舞踊をしたい気持ちにはなれないわ。お祖母ちゃん、ごめんなさい」

「困ったね。高校を卒業するまでに考えといて」

「うん、わかった。私は明日、羽幌に帰るわ。そこで高校卒業後どうするか考えるわ」

「今日はここに泊まっていきよし」

「うん。そうするわ」

お祖母ちゃんの家に泊まるのは何年ぶりだったか思い出せない。小さい頃、この家でお父さんとお母さんといっしょに暮らしたことは、かすかに覚えている。懐かしい思い出である。

その日の夜は内弟子の亜里寿さんが作ってくれた夕食を食べた。亜里寿さんは熊本県出身とのことだったが、味つけは京都風だ。お祖母ちゃん好みの物静かな人だった。

私は高木に明日、羽幌へ帰ることをメールで伝えた。

――――

舞ちゃん、連絡ありがとう。生活費はこれまでと同じ額を送るから心配しないで。大学四年間の学費、生活費も責任を持って僕が送るよ。それから、お母さんの病気のことをないしょにしていてすまなかった。舞ちゃんに知らせれば良かったと反省しているよ。羽幌の高校生活も残りわずかになってきたけど、充実したものにしてください。進路が決まったら連絡してください。どんな道に進もうとも、僕は舞ちゃんを応援するよ。

――――

北海道の未来

私は次の日に伊丹から千歳を経て、羽幌に戻った。なんだか頭の中が真っ白になっていて、周りの風景を覚えていない。

お母さん、なんでこんなに早く死んでしまったの。悔しい。

私は羽幌に帰ると大家の星野さんに報告した。

「それは、大変だったたね。力を落とさないで頑張ってね」と、言ってくれた。

次の日に学校に行って、担任の山崎先生にも報告した。

「あなたは若くして、自立の道を選んだのよ。親の拘束から離れることができたのよ。人生の選択の幅が広がったのよ。前に向かって進んでね」

「はい」

わかったような、わからないような話だ。

学校の授業は実習がすべて終わり、卒業レポートのみとなっていた。私はレポートのテーマを「北海道の未来」とした。北海道はかつて人口が五四〇万人を超えていたが、今は四六〇万人ほどとなっている。北海道のどの町も人口が減っている。今世紀末には百万人程度になるといわれている。これでいいのだろうか。そんな、北海道の未来を大人たちはどう思っているのだろうか。

私は北海道に住む人たちにアンケートを取り、それを分析してレポートを書くことにした。初めは、マクドナルド学園に在学している生徒たち、教職員の人たち、羽幌町に住む人たちに対面方式でアンケートを取り始めた。

まずは北海道生まれで、北海道育ちの相楽さんからだ。

質問一、あなたは北海道に生まれて良かったですか。答えは、(一) 良かった、(二) 悪かった、(三) どちらでもない、の三択である。

「うーん。そんなこと考えたことないな。だから、三番かな」

質問二、あなたは将来、北海道から他の地に移住してみたいですか。答えは、(一) 他の地に移住してみたい、(二) 北海道にこれからも住みたい、(三) どちらでもない。

「うーん。これも考えたことがないけど、今はマクド大学に進学して、卒業後は稚内に帰りたいと思っているけど、稚内に就職がなければ札幌に行くとか、東京に行くとか考えられるから、特に北海道に住みたいという強いこだわりがないな」

質問三、二十年後の北海道は人口が増えていますか。減っていますか。（一）増えている、（二）減っている、（三）わからない。

「そりゃあ、減っているだろうな」

質問四、人口を増やすためにどうしたらいいですか。（一）若い人が子どもを三人、四人産む。（二）移住者を増やす。（三）わからない。

「やっぱり、移住者を増やすだろうな。私が結婚したとしても子どもを三人、四人と産むことは考えられないな。二人産んだら十分よ」

質問五、今、羽幌町や北海道に造ってほしい施設、建物はなんですか。（一）ボウリング場、（二）カラオケボックス、（三）ライブハウス、（四）スポーツ施設、（五）雨や雪の日に使える施設、（六）図書館、（七）ゲームセンター、（八）まんが喫茶、（九）インターネットカフェ、（十）キャンプ場、（十一）映画館、（十二）その他、＊複数回答可。

「ライブハウスかな。一度行ってみたいと思ってるよ。それから、カラオケボックスかな。稚内にいた時は行っていたけど、羽幌にはないからね。それから、百人一首をやれる場所かな。あれをやると隣の部屋からうるさいと言われるからな」

北海道の百人一首は木の札なので、取る時に音が出てしまう。
「ありがとう、とても参考になったよ」
次にマクドナルド学園の西山先生に協力してもらった。
質問一「あんまり考えたことがなかったが、良かったと思うよ」
質問二「ずっと北海道にいたいと思っているよ。希望すれば本州の校舎に転勤することができるが、僕はそんな気はないな」
質問三「人口は減っていると思うけど、それでいいんじゃないかな。人口なんてその時のなりゆきだよ。明治の終わり頃は北海道の人口が百万人程度だったのだから、それでいいんじゃないのかな」
質問四「回答保留」
質問五「雨や雪の日に使える施設かな。僕はいいんだけど、子どもが四つと二つで、雨の日や曇りの日に室内で遊べる施設がないんだよ。たまあにだと学園の保育コースのプレイルームで遊ばせることができるが、何回ともなると気がひけるしな」
「ありがとうございました」
三人目は天売島に住む上原さんだ。彼とはテレビ電話で質問した。

質問一「そりゃあ、良かったのに決まっているべさ」
質問二「ずっと北海道にいたいと思っているよ。遠洋漁業の船員にと声をかけてくれる人がいるが俺はその気になれんな。まもなく産まれる子に会えんようになるしな」
質問三「人口は減るべな。仕方がないべな」
質問四「わからんな」
質問五「その他で、羽幌町立病院に産婦人科の医者を配置してほしいことだな。妻は今、旭川の産婦人科に通院しているが、羽幌でも妊娠する女性がいるんだから、必要だべさ」
「ありがとうございました」
四人目は和菓子屋の奥野さんだ。
質問一「特に考えたことがないから、どちらでもないかな」
質問二「一度は仕事で東京に出ましたが、子どもの頃はあまり好きでなかったこの仕事を継ぐことになり、戻ってきました。羽幌からもう出ることはないでしょう」
質問三「やっぱり減っているでしょうね。今年で四六〇万人ほどだから、二十年後には四〇〇万人を割り込んでいるでしょう」
質問四「人口を増やす方法なんてわからないですね。もし、そんな方法があるのならずっと前からやっていたでしょう」
質問五「特にないですね。今ある施設で満足しているよ」
五人目は私の住んでいるワンルームマンションの大家をしている星野さんだ。
質問一「私は北海道の生まれじゃないよ。福岡県の朝倉市というところの生まれなのよ。若い頃は演歌の歌手をしていたのよ。羽幌にコンサートに来て、ここが気に入ったのよ」
質問二「羽幌から出ることはないよ。今でも羽幌が気に入ってるさ」
質問三「人口は減り続けると思うよ」
質問四「人口を増やす方法なんてないだろうね。このぐらいが静かでいいよ」
質問五「私は家からあんまり出ないから、特にないよ」
こんな具合で十九人にアンケートを取った。
レポートでは、北海道で生まれた人はおおむね北海道で生まれて良かったと感じていたとした。北海道に住み続けたいかは、十代、二十代の人ほど北海道から離れる可能性を持っていたが、四十代を超えると北海道に住み続けたいということを考える人が多かった。
北海道の人口を増えると答えた人はだれもいなかった。これは羽幌に住む人の共通した考えであった。

北海道の人口を増やす方法はわからないと答えた人が一番多かった。確かに、そんな方法があるなら、もっと前から取り組んでいたことだろう。

今、羽幌や北海道に造ってほしい施設として、雨や雪の日に使える施設が一番多かった。今でも公民館やコミュニケーションセンターがあるが、数が少なく遠いので気軽に使えないのである。このことは、役場の地域振興課の富野さんに聞いてみた。

「やっぱり金がないというのが一番だな。羽幌は人口がかつては三万人を超えていた。それが今では三七〇〇人ほどとなっているので、過去に造った施設を維持管理するのが精いっぱいなのだ。この役場だってもう建て替える必要があるのに、それができない。マクドナルド学園ができてわずかながら、卒業後も羽幌に残って就職する人がいるのが光明だな。町会議員の立山さんは君たちの先輩だから、見解を聞いてみたら」

立山さんの話は一年生の時に特別授業で聞いたことがあったが、話の内容は忘れかけていたので聞いてみることにした。立山さんは、卒業後に仙台にある工芸専門学校で学び、卒業後に羽幌に帰ってきて、工房を造り、椅子や机などの木材製品を作っている。一方で青年会に参加して羽幌の町おこし運動のリーダーとなり、町会議員に立候補して、今は二期目だという。

「立山さん、以前にマクドナルド学園に来ていただき、お話をうかがったのですが、もう一度お話を聞かせてください。立山さんは羽幌の未来をどう描いていますか」
「僕たちのグループ『羽幌活性化委員会』のパンフレットに書いてありますが、簡単に話しますと、第一に農業、林業、水産業の活性化と若手従事者の募集です。第二に観光の推進です。羽幌には焼尻島、天売島という二つの島があります。それから、炭鉱の施設が残っています。そこには全国から観光客がやって来ます。とりわけ力を入れているのは修学旅行生の誘致です。昨年で年間三七校、一〇五七名の生徒たちが来ていますが、これを五〇校、一五〇〇名にするのが目標です。

第三に移住者の募集です。これにはIターンとUターンがありますが、Iターンについてはインターネットで羽幌のPR画像を配信するとか、全国の交通機関にポスターを貼るとかして羽幌のPRをしています。Uターンについては羽幌の中学校、高校の同窓会名簿にもとづいて羽幌の近況を伝えるとともに羽幌に帰って来ることを訴えています。

第四に男女の出会いの場をつくることを進めています。第五に地域コミュニティの推進を進めています。公民館や地域コミュニティセンターが活発にその役割を果たすようにしています。羽幌には一人ぼっちの人をつくらない、おせっかいと言われてもあまり人付き合いが好きでない人も地域コミュニティに引き込む訪問活動に取り組んでいます。まぁ、主だったことはこんなところです」

「ありがとうございます。それでは、みなさんと同じ質問をさせていただきます。北海道に生まれて良かったですか」

「僕は旭川の生まれだけど、あまりそんなことは考えたことがないから、どちらでもないかな」

「質問の二です。あなたは羽幌以外のところに移住してみたいですか」

「今はないね。羽幌の発展のために、この町にずっと住むつもりだね」

「質問の三です。二十年後の北海道の人口は増えていますか。減っていますか。どちらかわからないですか」

「残念ながら減っているだろうね。四〇〇万を割っているだろう」

「質問の四です。人口を増やすためにどんな方法がありますか。一、若い人に子どもを三人、四人と産んでもらう。二、移住者を増やす。三、わからない、ですが、どう思われますか」

「基本的には、子どもを三人、四人産むことだろうね。と言っても、僕自身は二人だけど、三人目をつくるには躊躇するな。子どもを育てるには金がかかる、それが一番の問題だな。移住者を増やす取り組みをしても大きな成果は見られないな。一年間に三家族、四家族程度の移住者はあるけれどね」

「五つ目の質問です。羽幌に造ってほしい施設があれば別紙の中から選んでください」

「やっぱり羽幌の病院に産婦人科の医者を配置してほしいことだな。それから、僕はボウリング場を造ってほしいかな。旭川の実家に帰った時にできるけど、一年に一度できるかどうかだからな」

「ありがとうございました。とても勉強になりました」

こんな感じで二十四人にアンケートを取ることができた。これをどうまとめていくかは時間をかけていこうと思った。

羽幌から加奈が去ってからは特に仲良しの人はできなかった。加奈は羽幌に来て、初めて話をした同級生だった。初めはつきまとわれて嫌だったが、日本舞踊をしていたことがわかり仲良しになった。二年生になってから、気分が落ち込むようになり羽幌を去って行った。東京の実家に帰ったようだが、連絡が取れなくなってしまった。今でも親友と呼べるのはひとみだけだった。彼女とは時々テレビ電話で話をするが、生活がすっかり違ってしまった。ひとみは一歳になる未空《みく》のシングルマザーなのだ。

彼女は未空の父親と結婚をせず、簡単に身をひいてしまった。理由は私にはわからない。妊娠したのならいっしょに子を育てる道をなぜ追求しないのかわからない。ひょっとしたらその道をさぐったのかもしれないけど私にはわからない。でも、ひとみのお腹に宿った小さな命を守ったことが私には嬉しかった。マクドナルド学園羽幌校の中にも母親になっている人が何人かいる。私にはとてもできないけれど、母親になっても高校生を続けようとする人は偉いと思う。私にはできないことだ。尊敬してしまう。でも、私は今、母親になりたいとは思わない。そんなことがあるのはずっと先のことだ。

そうだ、ひとみにテレビ電話をしよう。

「やあ、舞、元気か。お母さんが亡くなったけど、元気出してな。うちはいつも舞を応援しているからな。舞、未空になんか言ってやって。未空、舞おばちゃんだよ」

舞の子どもの未空が画面をじっと見つめている。舞おばちゃんというのがなんかひっかかる。私はおばちゃんと言われるほどの年ではない。まだ、高校生なのに。

「舞お姉さんでーす。未空ちゃん、元気そうね。お母さんにしばかれていませんか」

「舞、なんてことを言うの。うちはめったにしばいたりしてへんよ」

「あら、そうなの？　何か聞いたことがあるよ。中学校時代の同級生が言っていたけれど。家の近くの銀行に行った時に、小さな子どもをバチバチしばいている若いお母さんがいたので、よく見るとひとみだったって」

「だれ、そいつ。うそ言って。うちは銀行で未空をしばいたことなんかあらへんよ」

「あっ、そう。別な人と見間違えたのかな」

「そうに決まっている。うちは銀行では未空をしばいたことなんかあらへん」

「人違いということにしておこう。ひとみ、ごめん」

「まぁ、いいけど。今は未空がうちにとって命やねん。ところで、舞。もうすぐ高校卒業やけど、どうするねん」

「そやねん。何か特にしたいことが私にはないねん」

「それで、どうするん」

「ベトナムに行ってるお父さんが、来ないかと言ってるねん」

「また遠いとこやねん。そうすんの？」

「マクドナルド大学に進学するのも一つの道だし、高木がお金を出してくれると言ってるし、お母さんもそう考えてたみたいやし、平迫のお祖母ちゃんが踊りの内弟子にならへんかと言ってるし、選択肢がいろいろあるねん」

「まぁ、ゆっくり考えやと言いたいとこやけど、卒業が近づいてることやし、もうそろそろ結論を出さなあかんな」

「そやねん。どうしようかな。ひとみはどう思う」

「うちは舞が行きたい道を行ったらいいと思うけど、いろんな道があるからいいやん。うちなんかドツボにはまってしまって、一つの道しかないもんな」

「年末までには結論を出したいと思っているけど、お祖母ちゃんの弟子になることはないと思うな。私はお祖母ちゃん、あんまり好きでないしな」

「ベトナムに行くか大学に進学するか、どっちかやな」

「そうやね」

「ベトナムに行ってしまうと舞に会えなくなってしまうやん。うちは寂しいな」

「私も寂しいよ。でも、その可能性が一番高いかな」

「ベトナムに行って何するねん」

「お父さんが日本舞踊を教えているから、それのアシスタントかな」

「それって何すんの」

「よくわからないけど、もともといいかげんな人なんで、難しいことをするとは思わんけど」

「ふーん。そうなん」

「でも、事前にベトナム語を勉強しなければと思ってるよ」

「そうなん。頑張ってね」

「うーん。今んところはっきりしないけど」

「わかった。未空が飽きてきたから、今日はこのぐらいにしといて」

「ひとみ、ありがとう。相談にのってくれて」

「なんにも。じゃ、舞バイバイ。未空もバイバイして」

ひとみは未空の手を持って動かした。

「ひとみバイバイ、未空ちゃんバイバイ」

ひとみと話していると、なんだか懐かしい京都の香りがする。私はなんで羽幌にいるのかな。中学三年生の時によけいなことを考えなければ、あのまま京都にいられたのにな。自己嫌悪に陥る。

卒業レポートをまとめるのやめて、今日はこれで寝よう。私はベッドの中に入った。

九月に高木から電話がかかってきて、悪夢の世界に入ってしまった。京都に行ってから一週間ほどで、お母さんが亡くなってしまった。それまで、お母さんが亡くなってしまうなんて、まったく考えなかった。悔しいな。お母さん、あんなに早く逝ってしまうなんて。そんなことを思い出しながら寝てしまった。

次の日、窓から外を見ると雪が積もっている。そういえば、昨日の夜は寒かった。昨日は一日、部屋にいたので、雪虫が飛んでいるのを見かけなかった。

その日から雪が降ったり止んだりの日が続き、なんとなく外に出るのがおっくうになり、買い物以外に外に出かけることはなくなっていた。

十二月の半ばになったある日、担任の山崎先生が私の部屋にやって来た。

「高木さん、元気？　クラスの生徒に聞いても校舎の中で見かけたことないと言うから、心配で来てみたの。毎日どうしてるの？」

「ごめんなさい。先生に心配をかけて。卒論レポートをやっているんですけど、あまりはかどらなくて、なんとなく落ち込んでいるんです」

「やっぱりそうだったのね」

「相楽さんや新さんたちが二学期打ち上げパーティーをすると言っていたけど、参加するの?」

「メールが来ていたんだけど、返事はしていないんです」

「高木さんの気持ちはわかるけど、気分転換してみたら?」

「はい。でもなんとなく気分がのらないんです」

「わかったわ。高木さんが元気になる日を待つわ」

山崎先生が訪ねてきた日からしばらくして、同じクラスの相楽さんや船橋さんがやって来た。二学期の打ち上げパーティーの誘いであった。私は曖昧な返事しかできなかった。

結局、そのパーティーには参加しなかった。

大みそかの夜

冬休みに入ったけど、私は京都に帰らなかった。お母さんのいない京都に帰りたくなかった。大みそかの夜になり、一人でいるのはやっぱり寂しかった。それで、昼間に買い物に行った時に見かけた野間口さんの部屋に出かけた。野間口さんは私と同じマンションの三階に住んでいた。彼女は、入学した時は一学年先輩だった。一年留年しているから今は同級生なのだ。部屋をノックしてドアを開けた時、ちょっとびっくりした顔だった。学園の校舎内では見かけたことがあったが、話をするのはこの日が初めてだった。

「ごめんなさい。なんか部屋に一人でいると寂しかったので」

「ううん。私も一人でいるのが寂しいと思っていたところ。入って」

「ありがとうございます。遠慮なくお邪魔します」

野間口さんは学園の英語の先生である野間口先生の妹である。部屋が整然と片付けられている。ごみ部屋状態になっている私の部屋とは違う。テレビがついていて「紅白歌合戦」

をやっている。テレビを見るのは久しぶりである。お母さんに会いに行った京都以来かな。

「高木さん、コーヒー飲む？」

「ありがとうございます。いただきます」

野間口さんはポットからお湯を注いでコーヒーを入れてくれた。

「インスタントでごめんね」

「いいえ。ありがとうございます」

一口飲むと涙が出そうになってきた。人が入れてくれたコーヒーを飲むのは、お母さんが亡くなったあとにお祖母ちゃんの家に泊まった時、以来だ。

野間口さんはなぜ家に帰らないのかなと思ったけど、口に出さなかった。

テレビでは紅白歌合戦が終わり、「蛍の光」が歌われている。今年もこれで終わりだ。

「私が女子寮にいた時、隣の部屋でお金がなくなったの。それでだれも私が盗んだとは言わなかったけど、私が盗んだと思われていると考え、悩むようになってうつ病になり、休学してしまったの。そして留年よ。なんかかっこ悪いよね」

「そんなことはないと思いますけど」

「兄さんが家に来いと言ってくれているけど、向こうは結婚して小さい子がいるから、なんか行くのはお邪魔虫かなと思って、一人でここにいるの」

「…………」

「あっ、そうだ高木さん、年越しそば食べる？　カップ麺だけど」

「はい、ありがとうございます」

野間口さんは台所に行って、カップ麺を二個持ってきて、ポットからお湯を注いだ。

「三分間待っていてね」

「はい」

「あともう一年、ここにいても卒業できる見通しはないのよ」

「はぁ」

「これから、どうしようかって考えてるところよ」

「はい」

「高木さんは三月には卒業よね」

「はい、そのつもりですけど。あとは卒業レポートを提出するだけです」

「そう、いいわね」

「ええ、まぁ」

「できたわ。高木さん、食べて」

「はい。ありがとうございます」

テレビでは「ゆく年くる年」をやっている。テレビの中で、どこかのお寺の除夜の鐘が鳴っている。その時、マンションの外でも除夜の鐘の音が聞こえた。

なんか寂しい。

インスタント麺をすする私は涙がポツリとこぼれた。お母さん、寂しいよ。

「高木さんの趣味って何？」

「えっ、趣味ですか。特にないですけど。部活はソフトボールですけど。あれが趣味と言えるかどうか」

「ソフトボールって健康的でいいよね」

「はぁ。あとは食べることかな」

「ああ、グルメね」

「グルメなんて上等なものではないですけど。普通の食べ物なんですけど。食べている時が幸せというか。これも趣味と言えるかどうかわかりませんが」

「高木さんって面白いのね」

「こんなんで面白いのですか」

「ええ、面白いわ。またこの部屋に来てね」

「はい」

「私の趣味は小説を読むこと。図書館から借りてくることも多いけど、スマホで見ることも多いのよ。古いのだと松村清とか三木琢磨とかが好きよ。少し新しくなって西川ゆきとか峰山六平とかが好き。今の作家なら梓パコとか徳地アンナとかがいいわね」

「はぁ」

私にとっては全員初めて聞く名前だった。

「それに百合やすかもいいわ」

「はぁ」

「私の夢は小説を書くことよ。小説家になってみたいの。小説家って学歴がなくてもいいのよ」

「そうなんですか」

「そうよ。日本文を書くことができれば、だれでもなれるのよ」

「はあ。そうなんですか」

「そうよ。ところで高木さんの夢は何？」

「私は夢なんて特に何もないんです。なんていうか人生なりゆきで決めているというか。行き当たりばったりで、なさけないんです」

「そんなことないわ。高木さんと話すのは今日が初めてだけど。校舎やこのマンションの近くで高木さんを見かけることがあったけど、なんか輝いて見えたよ」

「ええ、私がですか」

「そうよ」

「輝いているなんて自覚はないですけど」

「うふふ。少なくとも私から見れば輝いているわ」

「そうなのかな。そう見られていたのなら嬉しいですけど」

そんな話をしていたら、少し眠くなってきた。

「野間口さん、そろそろ失礼します。一人で部屋にいて大みそかを過ごすのが寂しかったんです。ありがとうございました」

「私のところでよかったら、いつでも来てね」

「はい」

私は野間口さんの部屋を出て自分の部屋に戻った。外は静かに雪が降っていた。羽幌の寒さに私はすっかり慣れていた。ベトナムに行ったら暖かいだろうな。

私は部屋の暖房を入れてベッドに入った。今年はどんな一年になるんだろうな。その行き先は見通せなかった。

卒業式

卒業レポートは、提出期限の一月三十一日にかろうじて提出することができた。しかし、その内容は満足できるものにはならなかった。テーマである北海道の未来をあまり深めることができなかった。アンケートに答えてくれた意見をそのまま羅列しただけになったような気がする。北海道の未来はやっぱり暗いと言わざるをえない。

私は卒業後にお父さんのいるベトナムに行くことにした。留萌の北海道留萌総合振興局に行って、パスポート取得の手続きをした。関西空港からハノイまでチケットもスマホで購入した。お父さんがチケットの料金を送ってくれた。お父さんからお金をもらうなんて、初めての気がする。平迫のお祖母ちゃんはしぶしぶ納得してくれた。高木はすぐに賛成してくれた。いつか日本に戻って来て、大学に進む時は生活費を出してくれると言ってくれた。そんなことがあるかもしれないので、その時は、よろしくお願いしますとメールしておいた。

二月二十五日の卒業式は時折吹雪という中で行われた。マンションから学園の校舎に行くまでが大変だった。雪が下から顔に向かって吹き上がってくる。目を開けていられない。それで、後ろを向いて歩く。時折、ちらっと前を見る。フード付きのコートを着ていたので役に立った。卒業式は制服を着て来ることになっているので、私も制服だ。この制服を着るのも今日が最後だ。化粧をするのは自由だったので、つけまつげや口紅をつけている女子生徒も多い。化粧法は二月の授業であった。私もつけまつげ、口紅、ピアスをしてみたが、鏡でその顔を見ると笑ってしまう。だから、この日はすっぴんだ。その方が私らしい気がする。

卒業式は国歌で始まった。学園長の祝辞があり、来賓の町長の祝辞があった。卒業生の中には羽幌町役場、ＪＡ、漁協、農場などに就職してこのまま羽幌に残る人たちもいる。多くの卒業生たちは国内のあちこちの大学に進学する。さらに、ロシア、アメリカ、イギリス、フランスなどの大学に進学していく人もいる。この人たちと再び会えるだろうか。野間口さんは中退して、千葉県の実家に帰ると言っていた。中退や留年する人たちもいる。

三年間羽幌で過ごした同級生、先生たち、地域の人たちに感謝だ。

卒業式が終わり、教室に戻り、担任と副担任の話を聞き、私たちは校舎の外に出た。在校生、保護者、先生、地域の人々が通路の両サイドに並んで私たちを送ってくれた。ソフトボール部の先輩である上原さんを見かけると、思い切り抱きつき、泣いてしまった。天売島の上原さんの家に行った時は、加奈もいっしょだった。

羽幌を出発する前の日に私はフェリーターミナルへ行った。ここに来ると中学生時代の私がいた。ひとみ、祐希、堀江先生、それから加奈たちの残像がここにあった。みんな、どうしているのかな。私はベトナムに向かって旅立つことになった。とりあえず、ことばを勉強しなくてはと思っている。お父さんは、ベトナム語を教えてくれる先生をつけてくれると言っていた。

出発の日に私は稚内空港から千歳空港を経て、京都に向かうことにした。初めて羽幌に来た時、稚内から入ってきたのだ。北へと向かう道路から、海の向こうに利尻岳が見えてきれいなところだ。なんか北海道らしい風景だ。稚内空港は割と空いていた。この空港ターミナルの食堂のラーメンは私の好きな味だ。思い出にラーメンを食べた。次に稚内に来るのはいつになるのだろうか。

乗り継ぎに降りた千歳空港は相変わらず混んでいた。活気がある空港だ。

伊丹空港に降りると、やっぱりふわっと暖かい空気が押し寄せてくる。人々が話す関西弁が懐かしい。空港バスで京都に向かった。そしてお祖母ちゃんの家に着いた。弟子の亜里寿さんが迎えてくれた。お祖母ちゃんはベッドに寝ていた。やっぱり年を取った感じがする。夕飯は寿司を取ってくれた。

「ベトナムに行ったら寿司なんか食べられへんし、たくさん食べときや」

「ありがとう。でも、お父さんの話によるとハノイには日本食の食堂がたくさんあるって」

「そんなもんかい。私はベトナムには行ったことがないからよくわからないけど。舞をあんな遠い国に行かせてしまうのは切ないよ」

「ハノイなんて飛行機で五時間ほどよ」

「そうなの。多津彦の言うことなんてあてにならないからね。あんないいかげんな人間になってしまって、舞にも愛海にも申しわけなくて。まったく」

お祖母ちゃんの声は、だんだん涙声になっていった。

「お父さんはベトナムに行ってからは真面目に踊りを教えているようよ。いっしょにいる女性は違う人になったみたいだけど」

「どうだか。あの子の言うことを真に受けるとがっかりするよ。どうしてああなってしまったのか。まったく」

「お父さんはお父さんで真剣に生きているのよ、きっと。私はあんなお父さんだけど好きよ」

「ありがとう、舞。あんな人間に育ててしまったお祖母ちゃんを許しておくれ」

「許すなんて、そんな」

お祖母ちゃんと真剣に話すのは、初めてのような気がする。

次の日は昼近くまで寝ていたが、散歩に鴨川の河原まで行ってみた。吹く風が春を感じる暖かい風だ。河原でジョギングする人、散歩する人、自転車で走る人がいて、けっこうにぎやかだ。

夕方になると、高木とをどりと三人で河原町三条近くのレストランに食事に行った。をどりと会うのは去年の五月以来だった。すっかり幼児顔になっている。それにけっこう美人だ。十年も経つと女として負けてしまうかもしれない。以前のようにはしゃぐことはなく、静かにお子様ランチを食べていた。

「舞ちゃん、岡崎のあの家は置いておくから、きっと帰ってきてな」

「はい」

「僕は四月から城陽校の校長として赴任することになったので、家も城陽に引っ越すよ。愛海と暮らした今の家で暮らすのは切ないからな。をどりは東京の母のところに今まで通り預けるよ」

「そうなんですか。をどり、お父さんといっしょに暮らせなくて寂しいね」

をどりは曖昧にうなずいた。

ハノイへ

それから二日後に、私は関西空港からハノイに向かって飛び立った。関西空港はものすごく混雑していた。大学生の卒業旅行、語学研修に行く人たちがたくさんいた。京都の外国語大学のベトナム語学科の人たちもいた。飛行機は満席だった。ターミナルの喧騒に比べ、機内はずいぶん静かだ。

私は機内誌をペラペラとめくっているうちに、眠くなってきた。ふっと目を覚ますと機内食が配られていた。今まで何度か飛行機に乗ったが、機内食を食べるのは初めてだった。和食と洋食の選択があったので、私は和食を選んだ。しばらく、日本食を食べることができないかもしれない。筍、金時豆、大根の煮物、焼いたさわら、それにキュウリの漬物がついていた。食べ終わって窓から外を見ると雲しか見えない。そのうちにまた眠ってしまった。

次に目が覚めた時には、ハノイにもうすぐ着くと機内放送が行われていた。

お父さん、迎えに来てくれているかな、心配だ。飛行機は静かにハノイの空港に着いた。乗客は順序よく降り、荷物を受け取り、入国の手続きのために並んだ。私はパスポートと入国カードと航空チケットを握りしめた。私の番になった。私は手に握りしめたものを制服を着た職員に渡した。その職員はちらっと私の顔を見た。パスポートの写真と私の顔を確認したようだ。その場所を無事に通り、ロビーに出た。そこには、懐かしいお父さんが待っていてくれた。

「お父さん！」

私は思い切り手を振った。

「舞、久しぶりやな。すっかりいい女になったやん。若い時の愛海にそっくりやな。もてるやろ。言い寄ってくる男がおるやろ」

なんか、いい女になったなんて言い方、いややわ。

「そんなん、ぜんぜんいいへんわ」

「そうか。そういえば愛海に初めて会ったのは、あいつが十八の時やったな。私は男に興味がありませんという顔してたな。今の舞といっしょや。話はそこまでにして、俺の家まで行こう」

「うん」

私はお父さんについて、駐車場まで行った。そこに止まっている一台の乗用車に近づいて、ドアを開けた。

「舞、乗って。荷物はトランクに入れとくから」

「うん」

お父さんは私の荷物をトランクに入れたあと、車内に入ってきた。操作マイクにベトナム語で何か言っている。乗用車は静かに動きだした。この乗用車は日本製だ。

ベトナムの道路は思っていたよりきれいで、空いている。道路の両サイドは田んぼが広がっている。田植え機が何台か動いている。羽幌の五月の風景に似ている。日本の電機メーカーの工場があるようで、大きな看板が出ている。京都ではこんな大きな看板は禁止されている。景観条例とかで小さな看板しか許可されていない。羽幌は看板のない町だった。

そのうちにハノイの町が近づいてくると道路は徐々に渋滞してきた。午後三時でこれだと、通勤時間帯になるとすごい渋滞だろうな。

「舞、家には今の同居人ウェン・ハンがいるからな。この女と仲良くやってな」

「うん」

何年前だったか、スペインの女性とお祖母ちゃんの家で会ったっけ。予想通り、別の女と暮らしているんだ。

「踊りはフェとやってな」

「だれその人は？」

「フェは俺の踊りのアシスタントをしている。舞はそのアシスタントだな。ベトナム語は家庭教師をつけてやるから、そいつから習え」

「うん。それはどんな人」

「ク・マル・シェンといってな。東京の大学に二年間留学していたやつだよ。日本語はペラペラだ。これも気のいいやつだ」

「ふーん。その人は女性？」

「そうだ」

「なんかすごい渋滞ね」

「ハノイではいつものこと」

「電車とかないの」

「地下鉄環状線、南北線、東西線ができたけど、渋滞は相変わらずだな。ハノイの人口がどんどん増えているから状況は変わらんな」

「ふーん。日本では人口が減っているのに、逆ね」

「日本へは、たくさんのベトナム人が働きに行ってるから、けっこう日本語を知ってる人が多いぞ。迷子になっても日本語が通じるし。舞は英語を話せるか」

「話せるというレベルじゃないけど片言の英語だったら、何とか言えるよ」

「そうか。この国の人たちも小学校から英語を習っているから、だいたい英語が通じるな」

「ふーん。そうなの」

そんな話をしていると、お父さんの住んでいる家に着いた。なんだかすごく古い家だ。

家の中に入っていくと若いベトナム人女性が出てきた。

「これが娘の舞」

「舞さん、よろしくね。仲良くしてね」

この女性は流暢な日本語で言った。

「これが、さっき言ったハンだ」

「よろしくお願いします」

私は頭を下げた。

「舞の部屋を案内するよ。二階だ。荷物を持ってきて」

「はい」

私はお父さんについて階段を上った。二階の奥の部屋に入った。

「ここが舞の部屋。自由に使って」

「ありがとう」

窓から外を見ると、こちらと同じような家が向かい側に並んでいた。この辺りは住宅街のようだ。

「一休みするか。疲れたろう」

「うん」

お祖母ちゃんの家を出たのは五時頃だったので、やっぱり疲れた。お父さんが部屋の外に出て行くと私はベッドの上に乗り、横になった。部屋はちょうどよい暖かさだ。私は服を着たまま眠ってしまった。

お父さんの声で目を覚ますと、すっかり夜になっていた。

「ご飯食べよう」

「うん」

お父さんについて一階の居間に行くと、テーブルの上に料理が並べられていた。

「さぁ食べよう。ベトナム料理は初めてだな」

「うん」

「これは全部ハンが作ったんだ。おいしいぞ」

「ありがとう。いただきます」

私は小皿の横にある箸を持とうした。

「舞、乾杯をしよう。舞の好きなリンゴジュースを買っておいたからな」

「ありがとう」

ハンが私のコップにリンゴジュースを入れてくれた。私も前にあった缶からお父さんとハンのコップにビールを注いだ。

「舞の無事の到着おめでとう。乾杯」

「乾杯」

「乾杯」

今日のお父さんは、前にお祖母ちゃんの家で会った時よりしっかりしている。

「舞さん、食べてください。ベトナム料理と言えば、春巻よ」

「はい。いただきます」

私は春巻を口に運んだ。うん、特においしいというわけではないけど、食べられない味ではない。

「おいしい」

「そうだろう。舞もハンにベトナム料理を習えよ」

「うん。ハンさん、教えてくださいね」

「はい。いっしょに作りましょう」

「ええ」

「舞も日本料理を教えてやれよ」

「ええ。でも、教えるというほど上手じゃないから困るな」

「北海道で、寮を出たあとの二年間、自炊をしてたんだろう」

「自炊とはいえ、インスタント食品とかレトルト食品、缶詰なんかが多かったから、自信がないな」

「かまへん、かまへん。それでもいいぞ」

「しいて言えばお母さんと作った肉じゃがとか、高校の調理実習で習ったチャンチャン焼きぐらいかな」

「なんだ、それは」

「生シャケの切り身を鉄板の上で焼いて、みそ味で食べるのよ」

「うまいのか、それ」

「おいしいよ」

「そうか。こっちのデパートの食品売り場に行けば、生のシャケが手に入るぞ」

「そうなん」

「愛海は早く逝ってしまったな。俺はあいつに申しわけないことばかりしていたから、悔いるよ」

「そう思うなら、ハンさんを大切にして」

「まぁな」

「前にお祖母ちゃんの家で会ったスペインの人はどうなったの」

「あいつか。こっちに来て三か月間ほどいっしょにいたが、スペインに帰りたいと言ったから別れたな」

「ふーん。そうなの」

「ベトナムは女の天国だぞ。もうすぐ国際女性デーがあるけど、その日は女に花を贈る日や。ハノイの町の中には、にわか花屋がいっぱいや」

「国際女性デーってなんなん」

「俺はよう知らんけど女の地位向上を訴える日だそうだ。日本でもあるだろう」

「そういえば、社会の授業で習った気がするけど、花束を贈ることなんか京都でも羽幌でもなかったよ」

「そうか。俺も長い間、日本を離れているから、よう知らんな」

ハンがコーヒーを入れて持ってきてくれた。そのそばにコーヒーフレッシュの入った容器を置いてくれた。

「舞、ベトナムのコーヒーをストレートで飲んでみな」

わっ、このコーヒー、色が濃いなと思い、一口飲んでみた。わっ、苦い。なんだ、このコーヒー、すごく濃いわ。

「お父さん、苦いわ、このコーヒー」

「そうやろ。それでその練乳を入れるんや。練乳を指につけて、ちょっと舐めてみ」

「これフレッシュじゃなくて練乳っていうの？」

「そうや」

私はお父さんの言うように練乳を指に垂らして、舐めてみた。うあ、甘い。

「甘いわ」

「それをコーヒーに入れてスプーンで混ぜてみ」

私は練乳を入れてスプーンで混ぜて、飲んでみた。苦いのと甘いのが混ざって何か変な味だ。

「私は東京の大学に留学したけど、日本で飲むコーヒーはコーヒーじゃないよ。あんなの薄くておいしくない」

ハンが真剣な表情で言った。

「ベトナムではコーヒーがたくさん採れるんだ。だから、濃いのかな」

「へえ、そうなん」

「ホテルのレストランでは、日本と同じ感じのコーヒーだな。コンビニやスーパーへ行くとインスタントコーヒーもあるし、レギュラーコーヒーも売ってるし安心しとけ」

「そうなん。嬉しい」

「それから日本茶も各種売ってるぞ」

「嬉しい」

「仕事のことは明日話すけど、ハノイだけでも日本人が三万人はいるから安心しとけ。道路を歩いていても日本語で話してるやつがけっこういるぞ。日本人はベトナム人に似てるから、外見からは見分けがつかないぞ。道路で大きな声で日本語をしゃべっているやつ。それは日本人だな。作業服にナニナニ製作所とかナントカ工業なんてネーム入りの服を着ているやつも日本人だな」

「日本人が多いようなので安心した」

「あとは観光客も多いな。観光スポットに行くとよく見るな。舞もせっかくベトナムに来たんだから、観光地を見て歩けよ」

「うん」

「ハンが案内してくれるからな」

「よろしくお願いします」

「いっしょに行こうね」

「はい」

ハンは優しそうな人だったので安心した。

「舞、今日は疲れただろうから、シャワーを浴びて、寝たら」

「うん。そうするわ」

「舞さん、シャワーはこっちよ」

ハンが台所の奥にあるシャワー室を案内してくれた。

「フェイスタオルもここにあるから使ってね」

「ありがとう」

私は服を脱いでシャワー室の中に入った。蛇口を回すと温かいお湯が出てきた。液体石鹸が良い香りだ。私が予想していたより、日本とのギャップが少ない。

私は部屋に戻り、お祖母ちゃんに無事にハノイに着いたことをメールした。明日からどんなことが始まるのだろう。不安と期待が胸をよぎる。とりあえず、今日は良い一日だった。

仕事と観光

翌日、目を覚まして窓から外を見ると、仕事に出かけて行くのだろうか、乗用車が時々通り過ぎていく。私は一階に下りていった。

居間に入っていくと台所からハンがやって来た。

「舞さん、おはよう。洗面所はこっちね」

「ありがとう」

何かと気が利く人だ。

洗面所の蛇口を回すと勢いよく水が出てきた。水は冷たくない。顔を洗うにはちょうどいい温度だ。

居間に戻ってソファに座っていると「舞さん、日本茶ですよ」と言って湯飲み茶わんを持ってきてくれた。一口飲むとそれが緑茶だとわかった。湯飲み茶わんは清水焼だ。お父さんが持ってきたのだろう。

「舞、おはよう」

「おはよう」

お父さんが起きてきた。

「よく寝れたかな」

「うん。ぐっすり眠れたよ」

「そうか。よく寝れたのなら、ベトナムでも生きていけるな」

「そうかな」

ハンがテーブルの上にパン、コーヒー、野菜サラダ、目玉焼きを運んできた。

「食べてね」

「ありがとう。いただきます」

「今日は日本風のコーヒーよ」

見た目も薄い。一口飲むと日本で飲んでいたコーヒーだ。食パンも日本で食べていたものと同じだ。一年間ここで暮らせるかもしれないという気持ちになった。

「踊りの練習場はここから歩いて十分ほどのところにある。一服したら行ってみよう」

「うん」

食べ終わると、ハンと二人で食器を台所まで持っていった。

「ハンさん、私が洗うわ」

「そう。ありがとう」

ハンは居間へ戻っていった。

赤い方の蛇口を回すと温かいお湯が出てきた。食器を洗い終え、棚にしまった。

居間に戻るとハンが「洗濯物があったら、あっちの洗濯機に入れてね」と言った。私は二階に上がり、下着を持ってきて洗濯機の中に入れた。

「洗えたら、干しとくね」

「ありがとう」

「舞、もう少ししたら練習場に出かけるからな」

「はい」

私は二階に上がり、バッグを持ってきた。

「お父さん、もういいよ」

「よし、出かけるか」

私とお父さんはいっしょに出かけた。細い道を歩いている時はよかったが、大きな通りに出るとすごい交通量だ。

「すごく車が多いのね」

「そうだな。ここを走ってる車の七、八割は日本車だ」

「へぇ、そうなの」

「ベトナムは日本との友好国だから。いろんなものがここに来てるんや」

「ふーん」

歩道の上には粗末なテーブルと椅子が置かれていて、みんなお茶を飲んでいる。この人たちは仕事に行かないのだろうか。

お父さんの練習場は大きな通りに面してあった。鍵を開けて中に入った。けっこう広い場所だ。お祖母ちゃんのところより広いかもしれない。入り口にカウンターがある。

「舞の仕事は、ここに座って受付をすることだ。週二回は午前十時から練習があるし、この時間に来るのは主として日本人の専業主婦だな。週二回は午後二時から練習だな。この時間に来るのも専業主婦。あとは午後五時からの練習は主として小学生、中学生だ。夜七時からの練習はほとんどが社会人で、仕事の帰りに寄る感じだな。全部合わせると四十人ぐらい。あとは二階で日本語教室をやってる。ここには八十人ほど来ている。ここで日本語を習っている連中の多くは日本へ留学していく」

「ふーん。そうなの」

二階へ上がってみると教室が三つに区切られていて、それぞれ机と椅子、ホワイトボード、テレビがあった。

「お父さんはこの二つの教室の経営者なんだ。すごいね」

「まぁな。俺も四十半ばになったし、少しは堅実に生きなきゃな」

「お祖母ちゃんにメールしとくわ」

「おふくろにもずいぶん心配かけたしな。俺がなんか言っても、あんまり信用してくれてないから。助かるよ」

「お父さん、任せといて」

「ありがとうな」

「うん」

「次はこの周りを案内するよ」

「うん」

「まずは近くにあるデパートに行こう」

「デパートがあるんだ」

「ハノイ市内でもいくつかあるんや」

「ふーん。そうなの」

私たちは建物の外に出て歩道を歩いた。大きな道路は相変わらず、すごい交通量だ。信号機がある横断歩道を渡る時も両サイドにいる乗用車の量に圧倒される。

私とお父さんは大きな建物に着く。

「ここがリッコデパートや。日本ではチョコレートの会社として知られているあの会社や」

「へぇーそうなの」

お父さんと私はデパートの中に入った。エスカレーターで地下に降りる。ここは、食料品売り場だ。野菜、肉、魚、お菓子類、アルコール類などが並ぶ。魚の中には知らないものもあるが、日本で獲れるさんま、シャケ、さばなどの魚もある。調味料の中には醤油、味噌、カレー粉、唐辛子、わさびなどもある。ここに来ると日本食の材料が手に入るのだ。

「今度は、一階に行こう」

お父さんの後ろについて、エスカレーターに乗った。一階は婦人用品を売っている。化粧品、婦人服、旅行用のカバン、ハンドバッグ、財布などが置かれている。華やかな陳列だ。

「三階に行こう」

「うん」

三階は家具類のフロア。ここは日本の家具会社の製品が売られている。もともとは旭川の家具店だったらしいが、日本の大都市に進出し、今では世界各地に進出している。さらに、四階へ上がった。この階は食器、台所用品だ。五階は書籍、文房具、パソコン、電気製品を売っている。六階は食堂街だ。日本食の店がある。

「ここに入ろうか」

「うん」

その店はてんぷら専門店だ。関西空港や千歳空港の中にもある店だ。

「しばらくてんぷらなんか食べてないからな」

「ふーん。ベトナムの食べ物はおいしいと思うけど。やっぱり日本食が懐かしくなるの?」

「まぁ、そうやな。日本にいる時はなんにも思わんで食べていたが、外国に来ると懐かしくて食べてしまうな。日本舞踊も同じだ」

「そんなもんなのかな」

お父さんはてんぷら定食のチケットを買ってきて、店員に渡した。目の前の調理場から調理ロボットが熱々のてんぷらを運んできた。ご飯、みそ汁、漬物を店員が運んできた。味つけは東京風だ。お母さんが揚げてくれたてんぷらの味に似ている。

「さぁ、さっきの練習場に戻ろう。そろそろフェが来る頃だな」

「そうなの」

私とお父さんは、さっき行った踊りの練習場へと向かう。大きな通りの歩道を歩いていると、日本語の看板がいくつもあるのに気づいた。赤坂、京都、おふくろ、みどり、味吉という具合だ。

「日本大使館がこの近くにあるので、この通りは日本食の飲食店が多いんや」

「ふーん」

練習場の中に入っていくと、すらっとした細身の和服の女性が一人いた。

「おはよう。これが俺の娘の舞だ」

その女性は掃除ロボットをリモコンで止めた。

「舞さん、ようこそベトナムへ。私はフェです」

かなりたどたどしい日本語だ。

「舞です。よろしくお願いします」

「フェといっしょに受付をやってもらうからな」

「はい」

「おばちゃんたちはスマホでチェックするけど、子どもにはシールを貼ってやってな」

「はい」

「シールはそこの机の引き出しに入っている。小学校低学年はアニメのシール。高学年以上はアイドルグループのシールだからな」

「はい」

私は引き出しを開けて、そのシールを確認した。

そんな説明を受けているとと生徒たちがやって来た。生徒といっても大人の女性だ。

「平迫さん、これが娘の舞だ」

「あら、かわいいのね。多津彦さん、虫がつかないか心配ね。うふふっ。よろしくね」

「よろしくお願いします」

なんかいやな感じのおばちゃん。厚化粧の匂いがきつい。着ている和服は上等のものだ。結城紬みたいだ。関東に住んでいたのだろうか。そのあとにも次々とおばちゃんたちがやって来た。

踊りの練習が始まっている。今日の練習課題の説明をしているのはフェだ。お父さんは椅子に座ってじっと見ているだけだ。フェが見本の踊りをする。少しずつ区切って踊りの練習が始まる。前に練習した踊りを復習して、今日の練習した部分とつなげる。最後にお父さんが講評して、この日の練習を終了する。平迫のお祖母ちゃんのところで見た練習と同じように進めている。

お父さんは小さな頃からお祖母ちゃんやお祖父ちゃんに教えられてきたのだろうから、日本舞踊が身に付いている。芸は身を助けるということわざがあるけど本当だ。ベトナムに来て日本舞踊を教えられるんだものな。私は小学六年生で日本舞踊をやめてしまったから、もうすっかり忘れてしまった。今さら、日本舞踊をやってみたいとは思わない。今、復帰するチャンスはある。でも、復帰したいとはあまり思わない。もっと何か別のことをやってみたい。それが何かは、わからない。

午後の部が終わり、夕方の部は小学生、中学生の部だ。小学生が圧倒的に多くて、中学生はわずかだ。受付でシールを貼っていく。日本人の子が多いが、ベトナム人の子どもが少しいる。ことばはわからないが、みんなかわいい子ばかりだ。夕方の部が終わり、練習場に鍵をかけ、家まで戻った。大きな道路は相変わらず、すごい交通量だ。

ハンが夕飯を作って待っていてくれた。ハンは障害幼児通園施設に週三日勤めている保育士だ。一度、見学に行ってみたいと思った。

この日も夕飯を食べ、シャワーを浴びると、疲れていたのですぐ寝てしまった。

次の日は朝六時頃に目が覚めた。服を着替えて、一階に下りた。リビングに行くとキッチンからトントンと包丁の音が聞こえた。

「おはよう」

「おはよう」

ハンが振り向いて言った。

「あの、手伝わせてください」

「何をしてもらおうかな。このキャベツを切ってくれる？」

「はい」

切る幅はハンが切っていたのと同じでいいのかな。私は水を出して手を洗った。キャベツを切るのはずいぶん久しぶりだ。あれは高校一年生の時の夏休みに京都に帰って、お母さんといっしょにお好み焼きを作って以来だ。ハンは食パンを切っている。

「キャベツはこのぐらいでいいのかな」

「そうですね。この白い皿にそれぞれ盛ってね。余ったらこのタッパーウェアに入れて」

「はい」

私はキャベツを三つの皿に取り分けた。

「トマトとキュウリも切ってね」

「はい」

トマトもキュウリも切って皿の上に置いた。

「リビングのテーブルに運んでね」

「はい」

三つの皿をテーブルの上に運んだ。

「牛乳が冷蔵庫の中にあるから持っていってね」

「はい」

ハンがゆで卵とパン、コーヒーを持ってきて準備ができたようだ。ハンが階段から三階に向けて鐘を鳴らしている。

「舞ちゃん、先に食べて」

「はい」

私は子どもの頃、お父さんと朝ご飯をいっしょに食べた記憶があまりなかった。昨日いっしょに食べたのはずいぶん久しぶりだ。

「いただきます」

私はパンを口の中に入れた。ハンがやって来て、椅子に座った。

「お先にいただいています」

「どうぞ。多津彦は仕事が夕方からだから、ゆっくり寝ているのよ」

「ハンさんは、今日は仕事ですか？」

「そうなの。舞ちゃん、見学に来ますか？」

「はい。行ってみたいです」

マクドナルド国際記念学園高校羽幌校の実習でも保育実習があったが選択だったので、私は受けなかった。私は農業実習、水産実習とか外で受ける実習が好きだった。でも、ベトナムの小さい子たちを見たかった。

「食事をして、片付けたら行きましょうね。私のオートバイで行くから、後ろに乗ってね」

「はい」

私たちは食事を済ませ、食器を洗うと、ハンのオートバイに乗って障害幼児通園施設へと向けて出発した。お父さんは起きてこなかった。家の前の細い道路から大きな道路を出ると渋滞していたが、オートバイは道路の端を勢いよく走った。三つの信号を越え、池のそばの小さな道路を通って目的の建物に着いた。四階建ての古い建物だった。

中に入っていくと母親たちと保育士が何か話している。ハンのあとをついて二階に上がる。二階のフロアには何人かの子どもたちが積み木をしたりパズルをしたりしている。

「私は担当の子がいるので、舞さんは自由に見学しといて。建物は四階まであるし」

「はい」

私はしばらく子どもの様子を見学する。フロアの端では机と椅子があり、保育士が何かを教えている。それはベトナム語の文字を教えているようだった。

三階に上がってみると、そこは食堂のようだった。その奥は職員室みたいでハンの後ろ姿が見えた。男性職員と何か話している。四階に上がってみるとそこは調理室のようで、一人の女性が何かを切っていた。

私は二階に戻り、子どもの様子を見ていた。子どもたちは私にまったく関心を示さなかった。二時間ほど子どもを見ていると一人、二人と三階に上がっていく。後ろからついていくとテーブルの前の椅子に座った。四階で調理をしていた女性が子どもの前に茶わんとスプーンを置いていく。子どもたちが食べ物をスプーンですくって口の中に入れていく。近づいてそれが何かと見るとおかゆのようなものだった。

「舞ちゃん、外に出ようか」

振り向くとハンがいた。

「はい」

「近くにフォーのおいしい店があるから行こう」

「はい」

「ベトナムに来てから、フォーを食べたことある?」

「ないですけど。どんな食べ物ですか」

「日本の食べ物でいったら、ソーメンみたいなものかな」

「そうなんですか」

私とハンは外に出た。彼女のオートバイに乗り、フォーがあるという食堂に向かった。

いくつかの小さな道を曲がり、その食堂に着いた。中に入り椅子に座った。ハンが食券を買ってきてカウンターに置いた。戻って来る時、水の入ったコップを二つ持ってきた。一つを私の前に置いた。

「ありがとう」

私はコップの水を一口、二口と飲んだ。家を出てから水を飲んでいなかったので、のどが渇いていた。

しばらくして、どんぶりに入ったフォーが運ばれてきた。それを見ると、にゅうめんに似ていた。フォーを口の中に入れた。

「おいしいです」

「そう。よかった」

おいしかったのでいっきに食べてしまった。ハンを見ると、まだ半分ぐらい残っている。

「聞いてもいいかな」

「ええ、どうぞ」

ハンは顔を上げて言った。

「お父さんとは、どこで知り合ったんですか」

「東京から帰って来て、ハノイの日本人会に入ったのよ。その会のパーティーで会ったの。多津彦さんはアトラクションで日本舞踊を踊ったの。それで、なんかかっこいいなと思って私から話しかけたの」

「そうなの」

「それから仲良くなって、いっしょに住むようになったの」

「結婚はしていないの」

「そう。近々、婚姻届を出そうということになっているんだけど」

「そうなん」

私はてっきり結婚していると思っていた。

「舞ちゃん、踊りの練習場まで送るよ」

「はい」

外に出てハンのオートバイに乗せてもらい、踊りの練習場まで行った。

フェとお父さんがすでに来ており、ハンは私を降ろすと、職場へ戻っていった。

この日は二時からの練習、夕方の練習、夜の練習があった。それから日本語教室があった。両方合わせると五十人ほどの人が来た。受付もけっこう忙しかった。

この日の仕事も終わり、家に帰り、三人で食事をした。シャワーを済ませ、二階の部屋に上がった。そうだ、ひとみにテレビ電話をしよう。しばらくして、ひとみが出た。

「舞、ごめん。未空といっしょに寝ていたんで、出るのが遅くなった」

「こちらこそごめん、せっかく寝ているのに。でも、ひとみはすっかりお母さんの顔になっているよ」

「舞、いやなこと言わんといてや。舞はまだお嬢ちゃんやわ。うらやましいわ」

「そうかな。私はひとみがうらやましいわ。若くしてお母さんになって子どもを産んで、すごいやん」

「そんなことないけど。そっち、どうや」

「うん。暖かいよ。京都でいえば五月初め頃かな。食べ物がおいしいし、日本人がたくさんいて寂しくないよ」

「ふーん、よかった。うちんとこは相変わらずよ。おかんが一か月ほど帰ってこないやん。新しい男とどっかに行ったみたいやねん。それで、かえでともみじのおかんもやってるみたいになってるねん」

かえでともみじは、年の離れたひとみの妹と弟だ。

「ひとみ、今日はこれぐらいにしとくわ。おやすみ」

「舞の元気な姿を見て嬉しかったわ。おやすみ。ハノイのリッチなお嬢ちゃん」

「おやすみ。旅人の舞より」

ひとみには私に欠けているバイタリティがある。懐かしい京都のことを思いめぐらせながら、ベッドの中に入った。


翌日、午前の受付をするために練習場に向かった。この日もたくさんの人たちがやって来た。

そんなベトナムの日常が続いて三月七日。ハノイの街には、にわか花屋が増えてきた。明日は国際女性デーなのだ。日本にいた時に名前だけは聞いたことがあったが、どんなことをする日かは知らなかった。ベトナムでは男性から女性に花を贈る日なのだ。また、バレンタインデーもホワイトデーも男性が女性に花を贈る日だそうである。

お父さんも八日は仕事を終えると近くの花屋で花を二束買い、家に持ち帰った。その一つをハンに渡した。

「ありがとう、多津彦」

ハンは満面の笑みだ。お父さんはもう一つの花束を私にくれた。

「ありがとう、お父さん」

お父さんから何かをもらうのは、中学生の時のスペイン土産、スマホにつけるストラップ以来の気がする。

私は二階の部屋に持っていき、部屋に飾った。花瓶はハンが貸してくれた。

私はなんとなくベトナムの生活に慣れていった。こっちに来てから澄んだ青空の日がなかった。空はどんよりとした雲に覆われていた。羽幌で見た澄んだ青空を見ることはなかった。

「ベトナムに来たんだから観光スポットを見て行けよ」とお父さんが言うので、踊りが休みの日にティエンさんにホーチミン廟へ連れて行ってもらった。ティエンさんはお父さんが経営する日本語教室の講師だ。ハノイの外国語大学の日本語学科を卒業して、福岡県の大学の文学部に二年間留学していたから、日本語が上手だ。

家の近くにある駅から地下鉄に乗り、出かけた。この地下鉄は日本の建設会社が工事をして完成させた。車両も日本製で、地下鉄車両の運転を指導したのは京都にも走っている電鉄会社だそうなので、雰囲気が日本にいるような感じがする。完成して十年ほどなので改札口、プラットホーム、車両がまだ新しい。途中で一度乗り換えたが、三十分ほどでホーチミン廟駅に着いた。

チケットを買って中に入るが、持ち物はロッカーの中に入れることになっているので、持ち込めるのはスマホだけだ。通路を歩いていくと大きな建物があり、人が並んでいた。私たちもその列に並んだ。しばらくすると建物の中に入ることができた。建物の中は薄暗くなっていて、ホーチミンの遺体があった。その遺体の周りには六人の衛兵がいた。衛兵は銃剣を持っていた。よけいなことをする人があれば、あの銃で撃ったり、剣で刺したりするのであろうか。遺体にはスポットライトが当たっていた。

ホーチミンはベトナムが独立する時に活躍した人だそうである。高校生の時に世界史で習った気がする。ベトナムのお金、ドン札にはこの人の姿が描かれている。

建物を出て通路を歩いていくと、ホーチミンの旧居があった。なんだか粗末な家だった。贅沢をせず、一生粗末な服を着て過ごしたらしい。結婚はしなかったらしいので、子どもはいなかった。敷地の中を一回りして外に出た。入った時に比べるとずいぶん人が多くなっていた。観光客の中に日本人の団体がいた。添乗員が小さな旗を持っていた。

「舞さん、昼ご飯食べようか」

「はい」

「何を食べたいですか」

「日本食がいいな」

「それなら、おいしいとこあるよ。バイキングだけど」

「それでいいです」

「それなら、もう一度地下鉄に乗ろう」

「はい」

私はティエンについて地下鉄の駅に向かった。

地下鉄の駅の二つ目で降り、地上に出た。その駅の近くに大きなレストランがあった。

「舞さん、ここよ」

「はい」

私たちは二階の窓際のテーブルを選んだ。それから、皿を持って食べ物の前に並んだ。日本料理もあるし中華料理もある、ベトナム料理も並んでいた。私は迷わず日本料理のところに行った。海苔巻き、いなり寿司、生寿司《なまずし》、肉じゃが、卵焼きを皿の上に載せてテーブルに戻った。皿をテーブルの上に置き、箸とみかんジュースをコップに入れて戻った。

ティエンが戻っていて、私を待っていてくれた。

「食べましょうか」

「はい。いただきます」

「いただきます」

久しぶりの日本食だ。

「ここのコックは日本で修業しているから、おいしいよ」

日本で食べるのと味が変わらない。私が思っていたよりベトナムは豊かだ。

「おいしいですね」

「そうでしょう」

ティエンの皿を見ると、なんという料理名かわからないが、ベトナム料理だ。

「あと、どこか行ってみたいとこ、ありますか」

「ハノイ市役所とハノイ駅に行ってみたいな」

「わかりました。ベトナム共産党ハノイ市地区委員会ね」

ベトナムでは、そう言うんだ。

私たちは食べ終えるとハノイ市役所に地下鉄で向かった。地下鉄の駅から地上に上がると、近くに市役所の建物があった。人がまったくいない静かなところだ。今日は休日なのだろうか。

「ティエンさん、スマホで写真を撮りたいけどいいのかな」

「ちょっと待ってね」

ティエンは警備員のいる建物へ行って許可を求めているようだ。なんでかな、京都市役所の建物の写真を撮るのには許可はいらない。やがて、戻って来て、「撮ってもいいって」と言う。

「ありがとう」

私は市役所の建物の写真を撮った。

「ベトナムでは婚姻届はどこに出すの？」

「私は結婚してないのでわからない。結婚している友達に聞いてみる」

ティエンはスマホを取り出し、友達に電話しているようだ。

「市役所に届けるんだって」

「そうなの」

「ハノイ駅に行きましょう」

「はい」

再び地下鉄に乗ってハノイ駅に向かった。途中で一度乗り換え、地上に上がった。ここも地下鉄の駅の近くに国有鉄道の駅があった。この駅も人が少なくて寂しいところだ。

「この駅を作ったのはフランスの植民地時代よ」

「だから建物が古いのね」

「そうそう。一時は新幹線を造ろうという計画があったんだけど。すごくお金がかかることなので、難しいのよ」

「ふーん」

「この駅を出発するのはホーチミンとか北部のドンダンに行く路線なのよ。東京駅みたいに環状線とか近郊へ行く路線はないのよ」

「そうなんですか」

駅の外に出てみると高層ビルが建設中だった。街として発展しているような感じがする。

ツバルという国

翌日から平凡な日々が続いた。三月下旬、お父さんが「今度の休みの日に日本人会があるけど、行ってみるか」と言った。

「行ってみたい」

ということで、日本人会のパーティーに参加した。そのパーティーは、踊りの練習場がある建物の向かい側にあるホテルで行われた。

パーティーは日本人会会長の挨拶で始まり、日本企業会会長、日本人留学生会会長と続いた。やっと挨拶が終わり、乾杯が行われた。アトラクションではベトナムの民族舞踊が披露され、続いてお父さんが代表をしているベトナム平迫流の日本舞踊が披露された。踊り手は、いつもお父さんの練習場に来ている五人の女性が出演した。

会場に来ていたたくさんの人と話をしたが、三人とスマホ番号の交換をした。その中でツバルという国と日本の交流活動をしている横山さんの話が一番印象に残った。横山さんは横浜の老人介護施設で働きながらツバルに通っている。ツバルは南太平洋にある小さな島々で国家を形成している。日本ではあまり知られていない国だ。

横山さんは五年前にテレビ番組でツバルのことを知ったそうである。サンゴ礁に囲まれた小さな島が海の中に沈んでいく様子が報道されていた。すでに他の国に移住している人が出ているそうである。しかしツバルに行ってみると、海面上昇で海水が押し寄せているわけではなく、この島の開発工事によって地盤が下がっている状況にあるのではないかと思うようになったそうである。人々の暮らしはけっして豊かではないが、ゆったりとした時間が流れ、心豊かに暮らしているように感じた。そんな島の生活に魅かれ、今では毎年ツバルに通うようになったそうである。そして、その島の魅力を伝えるために日本国内をはじめとして、東南アジアの国々を訪れているとのことであった。

パーティーが終わって、家に帰る途中にお父さんに横山さんから聞いた話を伝えた。初めはあまり関心がないようだったが、私が一度行ってみたいと言ったことから関心を持って話を聞いてくれた。

「お父さん、私、ツバルに行ってみたい」

「そうか、それじゃ俺も行こうかな」

「お父さん、ツバルには二、三日では帰ってこられないみたいよ」

「かまわんよ」

「踊りはどうするの」

「フェに任せといたらいいんや。舞一人でそんなとこに行かせるか。もし、なんかあったら愛海に申しわけがたたんやろ」

「そうなん。フェさんに任せてだいじょうぶなの?」

「だいじょうぶや。それでいつから行くんや」

「それはわからないから。明日でも横山さんに聞いてみる」

「そうか。聞いといて」


それで翌日に横山さんに電話をした。

「昨日、日本人会で出会った高木舞です。こんにちは」

「ああ、舞さんね。覚えているよ。こんにちは」

「今度、ツバルにいつ行くのですか」

「そうね。今日の午後にシンガポールに行って、それからツバルに行くよ」

「それはいつのことですか」

「五日後のことよ」

「私、行ってみたいんですけど。それにお父さんもいっしょなんですけど」

「ああ、いいわよ。日本から三人がいっしょにやって来るわ。航空チケットと向こうの滞在ビザをお父さんに取ってもらって」

「わかりました。よろしくお願いします」

「こちらこそよろしくね。若い人が来てくれて嬉しいわ」

そのことをお父さんに伝えると、ビザと航空券を取ってくれた。


私とお父さんは五日後にシンガポール空港で横山さんと待ち合わせをした。横山さんは四十歳ぐらいの普通のおばさんだ。小学二年生の女の子、あすわちゃんの母親である。同行するのは東京の大学生の下山さん、静岡のＯＬ久米島さん、千葉の主婦の秋山さんである。

飛行機はツバルの首都フナフティに向かって飛んだ。下に見える海はとてもきれいだ。

沖縄の海もきれいだが、それ以上に澄んだライトブルーだ。フナフティの空港に降りて、それから船に乗り、港に着いてから路線バスに乗り、目的地のアルスに着いた。ここは横山さんの友人クーナルィさんの家があるところだ。

クーナルィさんの家族が歓迎してくれた。この家のお父さんのハキさん、お母さんのメシィさん、それに長男のトヤィさん、長男の嫁のアックリさん。その長女のピアフィさん、次女のヌーアラさん、三女のコセヌィさん。さらに次男のハミさん、三男のトレさんと大家族だ。

私たちは一休みすると、ハキさんの案内で家の周辺を歩いた。家の周りにはヤシの木と草が生えている程度のところだ。海岸に行ってみると白い砂浜の向こうにライトブルーの海がどこまでも続いている。ハキさんの話によると彼が子どもの頃は海岸線が百メートルほど遠くにあったそうである。陸地がわずかずつ削られているそうである。そうすると、あと何十年かするとハキさんの家は海の中になってしまうのだろうか。その原因は海水が増えているからなのだろうか。

それならば、日本はどうなのか。私はあまり知らないけれども、日本でもわずかずつ海岸線が削られているところがあるようだが、陸地がわずかながら広がっているところがあるそうだ。それは海流の影響なのだろうか。ツバルの周辺の海水が増えているとしたら日本の周りの海水も増えているはずだ。地球の海は全部つながっているから海水の量はどこでもいっしょの気がする。

そんなことを考えながら、散歩から帰ってきた。この日の夜はハキさんの家で盛大に歓迎の宴を開いてくれた。ここの家の人はみんな陽気だ。テーブルの上にはたくさんの料理が並べられ、ビールやヤシの実から造られた酒も置かれていた。

「カンペイ」

ハキさんの声にみんなが続いた。

「乾杯」

「カンペイ」

横山さんもお父さんも満面の笑みだ。

横山さんが立ち上がって、今までの交流の歩みを伝えてくれた。ハキさんのおじいさんとフェリーターミナルで偶然知り合ったそうである。ハキさんの家に泊めてもらい、そのあとはほとんど毎年この地に来ているとのことである。

翌日から私は、ハキさんの息子のトヤィさんといっしょに畑作業をすることになった。羽幌で農業実習をしたことが役に立った。いっしょに来た久米島さんも農作業だ。お父さん、横山さん、あすわちゃん、下山さん、秋山さんは、草の繊維から籠やバッグを作る作業をしていた。私はああいう細かい作業は苦手だ。

私はスコップで土を起こし、野菜の苗を植えていった。それから、トヤィさんがヤシの木にするすると登り、ヤシの実を下に落としていった。それを集めて軽トラックの荷台に載せた。

トヤィさんがヤシの木から降りてきて、ヤシの実を割ってくれた。ヤシの実の汁を飲むと甘くて、とてもおいしかった。

そんなことをしながら五日間過ごして、私とお父さんはこの地を去ることになった。別れる前の夜、お別れの宴を開いてくれた。ハキさんは太鼓をたたいて歌を歌った。ハキさんの家族が踊りを踊った。私たちも見よう見まねで踊った。

私はお礼にお父さんの歌に合わせて北海盆歌を踊った。楽しい夜だった。

翌日、トヤィさんの運転する軽トラに乗ってフェリーターミナルに向かった。横山さんたちはまだ一か月ほどこの地に滞在するそうである。船でフナフティに行き、そこからシンガポール経由でハノイに戻った。ツバルで農作業をしていたため、私はすっかり日焼けしてしまった。

ハノイの家ではハンが大喜びで私たちを迎えてくれた。

夕飯を食べている時に私は今の気持ちを伝えた。

「お父さん、近いうちに京都へ戻るわ」

「急な話だな。日本に戻って何をするんや」

「私はマクドの大学に行くわ。地球環境科学部に行きたくなったの」

「なんやそれ。たいそうな名前の学部だな」

「地球の自然環境について学ぶとこよ」

「そこを出て何をするんや」

「例えば環境省とか。市町村の環境保護課とか。民間企業だと環境調査の会社とかよ」

「舞がそんな仕事をするんか」

「四年後のことだから、はっきりわからないけど、そんな仕事に就くことになるかも」

「舞さん、やりたいことが見つかってよかったね」

「うん」

「俺はようわからんけど、舞がその道に進みたいのなら、それでいいぞ」

「お父さん、ありがとう」

「それで金はどうすんや」

「高木さんが出してくれるって、お母さんから頼まれたんだって」

「そうか。俺のやってる踊りも日本語教室もけっしてもうかっていないからな。舞にあまり送金できんと思うからな」

「だいじょうぶ。お祖母ちゃんもお金を出してくれると言ってたし」

「そうか。それでだいじょうぶなんやな」

「だいじょうぶよ。お父さん、ツバルまでいっしょに行ってくれてありがとう。お父さんといっしょに旅行したなんて初めてよ」

「そうだな。それで京都に帰って予備校に通うんか」

「ううん。今だと六月入学ができると思うわ。通信教育の大学は毎月一日に入学ができるのよ」

「そうなんか」

「お父さん、関空行きのチケットを買ってね」

「うん、わかった。でも、舞がハノイに来てくれて嬉しかったのに残念やな」

「お父さんにはハンさんがいるでしょ」

「まぁな」

「まぁな、なんて何」

ハンが横目で睨んだ。

「ハンがいるから俺は安心だ」

お父さんはハンの方を向いて言い直した。

私はそれから二日間、踊りと日本語教室の受付をしたあとに日本へ向かった。結局、私はベトナム語を習うことはなかった。飛行機は夜中に出発だが、ハノイの空港にはお父さんとハンが送りに来てくれた。空港はたくさんの人で混みあっていた。ベトナムは観光も経済も好調のようだ。なんだか街全体に躍動感がある。

「舞、困ったことがあったらいつでも連絡しろよ」

「うん、ありがとう。ハンさん、お父さんをよろしくね」

「だいじょうぶよ。また、ベトナムに来てね」

私はお父さんとハンに別れを告げ、飛行機の中に入った。関西空港行きの機体はほぼ満席であった。日本人が多いが、ベトナム人も多い。機内食を食べると私は眠りについた。

夢の方向性

朝、機内放送で目を覚ますと、もう飛行機は徳島県の近くに来ていた。もうすぐ着陸だ。窓から下を見ると街が見える。機体は静かに関西空港に着陸した。入国の手続きをして、私はターミナルの外に出た。日本ならではの、にぎやかな空間だ。ＪＲを使って私は京都のお祖母ちゃんの家に着いた。お祖母ちゃんは体調が悪くなり、近くの病院に入院しているとのことで、内弟子の亜里寿さんが迎えてくれた。遅い朝食を食べて一休みをすると、お祖母ちゃんが入院している大学病院へと向かった。

「お祖母ちゃん、帰って来たよ。具合はどうなの」

「まぁ、色が黒くなって。向こうでは外に出てばっかりいたのかい」

「農作業を手伝っていたからね」

「多津彦の手伝いをしてたんじゃないの」

「それもしてたけど、ツバルという国へ行って、そこで農作業を手伝っていたのよ」

「そうなのかい。私は二年前ぐらいから立っているのがしんどくなってきて、階段を手すりがなければ上れなくなって、近くの病院に行ったら足の神経がマヒしていますと言われ、大学病院で検査入院をすることになったのよ」

「そうなの」

「二、三日で退院できるのよ」

「それはよかった。たいしたことないのね」

「まぁ、そうだと思うけど、年も年だし、踊りは一番弟子の結花に譲って、隠居しようと思ってるんやわ」

「それがいいわ。お祖母ちゃんはもうのんびりしたらいいのよ」

「そうしたいと思ってるんよ。しばらく行ってない出雲に墓参りに行きたいよ」

「お祖母ちゃん一人で行くのがしんどかったら、舞がついていくよ」

「ありがとう。持つべきは孫だねえ。息子は頼りないけど。孫がいてよかった。愛海さんに感謝やわ。ところで舞は京都の大学に入るんやって」

「そうしようと思っているのよ。高木さんがお金出してくれるって」

「そうなのかい。なんか頼りない感じの人だけど、だいじょうぶなのかい」

「だいじょうぶよ。高木さんは今ではマクドナルド記念国際学園高校城陽校の校長になったのよ」

「へぇ。あの人がねぇ」

「それから、お祖母ちゃん、相談なんだけど。私は以前の平迫の苗字に戻したいんだけど、できるかな」

「その方が嬉しいよ。弁護士の村瀬さんに相談しとくよ。だいたい舞は多津彦の子どもなんだから、平迫の苗字になるのが当然よ」

「うん。高木の名前を名乗るのは、お母さんがいなくなった今では不自然かなと思ってね」

「そうだよ。手続きのことは任せといて」

「ありがとう。よろしくお願いします」

私はお祖母ちゃんの家に戻ると、高木にメールをした。了解したとのメールの返信があった。それから、マクドナルド記念国際学園大学地球環境科学部の入学手続きをした。一週間ほどして入学許可の通知が来た。

それから三日後に私はカンファレンスを受けるために大学に行った。大学は京都府南部の城陽市にあった。私は京都駅から近鉄電車に乗って、大久保駅に降りた。そこから大学の通学バスに乗って行った。大学の周りは畑や水田があった。そこにポツンと校舎があった。

カンファレンスを受けに来ていたのは三名であった。高知県から来た末次さん、石川県から来た野村さんであった。大学の学生部の駒田先生が単位の取り方と四年間の学び方を説明してくれた。大学では仕事に就くことを勧めているとのことであった。朝に早く起きて仕事に行って帰って来てから、夜に勉強するという生活スタイルを持った方がちゃんと勉強できるということであった。仕事をしないと時間がたくさんあって勉強できるかと思うけど、昼まで寝ているとか生活がいいかげんになり、勉強しない人が多いとのことである。働いて規則正しい生活を送った方が四年間で卒業できるよということであった。仕事は大学学生部の掲示ボードに出ているし、スマホでも検索ができるということであった。

私は学生部の掲示ボードを見たが、やってみたいと思う仕事は見つからなかった。それで、お祖母ちゃんの家に戻って、大学のオンライン授業を受けていた。

それから二か月ほど過ぎた七月の半ばになって、大学の就労アプリを見ていると、沖縄県宮古島市にあるコーヒー農園から求人が出ていた。その会社はマクドナルド国際記念学園を創立した羅浦泰造のグループ会社が経営している会社だ。作られたコーヒー豆はラウラコーヒーチェーンに出荷されるとのことだった。私が理想にしている仕事だ。羽幌での農作業、ツバルでの農業体験が生かせる仕事だ。

初めは六か月の期限付き身分だが、希望すれば正社員の道も可能というので、体験学習のつもりで働いてみよう。お祖母ちゃんに相談してみよう。お祖母ちゃんはあれから三日で退院してきて家にいる。踊りは結花さんに譲り、今はこの建物の持ち主として賃料を受け取る生活をしていて、なんか毎日、テレビをボーッと見ている。

「お祖母ちゃん、私、沖縄でコーヒーを栽培している会社に勤めたいんだけど、どう思う？」

「ええっ、今度は沖縄に行くのかい。せわしない子やねぇ。結花の旦那は京都でネギを栽培している会社に勤めているよ。九条ネギは全国的に有名よ。ネギではだめなのかい。お祖母ちゃんが頼んであげるよ」

「ネギの栽培も魅力的な仕事だけど、日本でのコーヒーの栽培はこれから広がっていくと思うのよ。私にとってはとっても魅力があるの」

「そうなのかい。私にはあまりよくわからないけど一度やってみたらいいよ。いやになったらいつでも帰っておいでね。お祖母ちゃんはあと何年もつかわからないけど」

「お祖母ちゃん、ありがとう。私も正直言って何日もつかわからないけど、コーヒー栽培の仕事をやってみる。お祖母ちゃん、いつまでも長生きしてね」

「ありがとう。私は舞の花嫁姿を見たいよ。舞の産んだ子どもを見たいよ。ひ孫の姿をだよ」

「うーん。それはあまり期待しんといて、結婚なんて遠い世界なの」

「そうかもね。父親があんな男だからねぇ。あんな男を見ていたら結婚なんてしたくない気持ちはわかるよ。愛海さんの二の舞になりたくないものね」

「必ずしもそうではないけど。私は女性の友達の方が気楽に付き合える」

「そうかもね。でも世の中の男って、みんな多津彦みたいな男じゃないからね」

「わかってる。いつか男の人を好きになる日がくるかもしれないからお祖母ちゃん、その日まで待っててね」

「わかった。その日まで待ってるよ」

「ありがとう」


翌日、スマホでコーヒー農業会社に応募した。それから、十一日目に採用の通知があった。マクドナルド記念国際学園高校羽幌校の山崎先生の推薦があったそうである。羽幌で真面目に高校生活を送っておいてよかった。

ところで、羽幌で同級生だった加奈はどうしているのであろうか。羽幌から姿を消してからの消息は聞いていない。元気にしているのであろうか。私の同級生の中ではすごく熱いキャラだった。思い出してみると笑えてくることばかりだ。ひとみとはまったく違う魅力を持った子だった。

私の採用は八月一日からだったので、京都を出発したのは七月三十一日だった。高木からメールが送られてきて、仕事のためにどうしても見送りにいけないので、元気に働いてほしいと連絡があった。

ひとみにメールを送ると、

舞、今度は沖縄か。元気だな。お嬢ちゃんの遊び、忙しいな。

なんだ、これは。私のやっていることはお嬢ちゃんの遊びなのか。すごい嫌味に感じる。まぁ、いいか。これは、ひとみからの励ましのことばと思おう。

出発の朝、関西空港行きのマイクロバスが家の近くまで迎えに来てくれた。お祖母ちゃんが玄関まで下りてきて、見送ってくれた。お祖母ちゃんも年には勝てず、私の顔を見たら嫌味を言うことはなくなった。

宮古島のコーヒー農園

この時期は沖縄の各島への航空便は夏休みのシーズンなので大変混雑していて、那覇経由で宮古島へ行くことになった。ターミナルの中も人が多かったが、飛行機の中も満員になっていた。

宮古島空港に着くと、タクシーに乗ってコーヒー農場へと向かった。京都より風があるので涼しい気がした。農園の事務所の中に入っていくと何人かがパソコンに向かっていた。

「京都から来た平迫ですけど、農園長さん、おられますか」

「はい、農園長の浦添です。遠いところご苦労さんです。こっちに来てください」

浦添さんはまだ三十歳前半のイケメンであった。

「はい」

私は事務室のフロアに入った。

「みんな来て。平迫さんを紹介するよ」

パソコンに向かっていた四人が私の近くに集まってきた。

「京都から来た平迫さんだよ。現在、マクドナルド記念国際学園大学に在学中だよ。平迫さん、簡単に自己紹介をお願いします」

「平迫舞です。マクドナルド記念国際学園高校の総合科で農業実習をしてきましたが、コーヒーを栽培するのは初めてです。わからないことばかりですので、いろいろ教えてください」

四人はうなずいて、拍手をしてくれた。

「ここにいるのは総務課の人たちだよ。社員寮担当の山城さん、この中では唯一の宮古生まれで、宮古育ちだよ」

山城さんは二十代後半ぐらいの女性である。

出荷担当というライリーさんは二十代半ばくらいの女性である。中国人なのかな。

続いて紹介されたのは、経理担当で四十歳くらいの女性の椋田さん、農場の仕入れや機材担当という新井さん。新井さんは二十代後半の大柄な男性だ。

「よろしくお願いします」

私は深く頭を下げた。

「平迫さん、農場の中を案内するよ」

「はい」

「荷物を持って、こっちに来て」

私は浦添さんについて事務所を出た。そこには軽トラックが二台止まっていた。浦添さんはその一台のドアを開けて、私に「乗って」と指を差した。

「はい」

私はその軽トラックの座席に乗った。浦添さんは反対側のドアから座席に乗り、操作機能に指示を出した。軽トラックはゆっくりと動きだした。タクシーで来た道とは反対方向の砂利道をゆっくりと進んだ。スピーカーから何か音楽が流れている。やがてジャングルのようなうっそうとした森の中に入っていった。そこで、軽トラックは止まった。

「ちょっと降りてみて」

「はい」

「あそこにコーヒーの実がなっているだろう」

「あれがコーヒーの実なんですか」

「そうだよ」

「コーヒーの豆は、もっと茶色だと思っていました」

「コーヒー店で売っている豆は焙煎したものだよ。つまり熱して炒ったものなんだよ」

「そうなんですか。あの音楽は、なぜ流しているんですか」

「あれは軽トラックの位置を示しているんだよ。そうしないと、ここで作業をしているスタッフに気が付かなくて軽トラックにぶつかったり、轢かれたりしないような防止サインなんだよ」

「そうなんですか」

「このうっそうとしたコーヒー林の奥深くで作業をしているんだよ」

「大変なんですね」

「まぁな。それがここの仕事だ。軽トラックについている配置ナビに、どこに人がいるか表示されているんだ」

「すごいですね」

「まぁ、時代だよ。科学はどんどん進歩するからな。今のところ、コーヒーの木の枝が複雑で、ドローンを飛ばして作業をするのは難しいんだよ。下も自動草刈り機を入れるには、コーヒーの木の生え方からいって難しいな。だから人間が作業をしているんだよ」

「はぁ」

「こんなコーヒー農園が宮古島に八か所、対岸の伊良部島に二か所あるんだ。それからサトウキビの農園が五か所あるよ。サトウキビは系列会社の宮古島故郷砂糖に納入しているんだよ」

「はぁ」

「作業員は六名でやっているよ。一番若いのが地元の高校を出たばかりのもんがいるよ。一番年寄りなのが七十三歳の人だよ。ここができた時から働いているんだ」

「ここができたのは何年前ですか」

「十四年前からかな。僕はマクド大学を出て羅浦コーヒーに入って、マレーシア、ベトナム、フィリピン、石垣島のコーヒー農園で働いて、ここで初めて農園長になったんだ」

「私、今年の三月から二か月近くベトナムにいました。ハノイですけど」

「僕の行ってたところはホーチミンからカンボジアの国境に近いところだったから、ベトナムといってもかなり離れているよ」

「そうですか」

「今度は社員寮を案内するよ」

「はい」

浦添さんは軽トラックをUターンさせ、さっきの事務所まで戻った。

「ここで、降りて」

「はい」

私は軽トラックを降りて浦添さんの後ろについて、事務所の裏にある社員寮に行った。社員寮は白い壁の二階建てだった。鉄筋コンクリートでできている、がっしりとした建物だ。中に入っていくと受付ロボットが「いらっしゃい、舞さん。遠くからようこそ」と言った。なんとなく沖縄のなまりがある。

「平迫さんの部屋は二階だよ」

「はい」

私は浦添さんについて二階に上がった。

「平迫さんの部屋はこっちね」

「はい」

案内してくれた部屋は、一番奥からもう一つ手前にあった。部屋に入ってみるとベッドと机があった。

「こっちがクローゼットね」

「はい」

クローゼットのドアが開いていて、下に引き出しが二つ付いている。窓から外を見るとコーヒー林が連なっていた。

「洗面所とシャワーは共同で、トイレはこの奥にあるよ」

浦添さんはそこまで連れて行ってくれた。

「これ、この部屋の鍵ね。一階に下りよう」

「はい」

私はキャリーバッグを部屋に置いて一階に下りた。

「ここは食堂。食事は六時半からね。今日は平迫さんの歓迎会があるから、だいじょうぶだね」

「はい」

「調理師の大浜さんがいるから紹介するよ」

「はい」

「大浜さん、ちょっと来て」

包丁で何かを切っていた大浜さんが、私たちの前にやって来た。

「今度来た平迫さん」

「よろしくお願いします」

「よろしくね」

大浜さんはニコッと笑ってささやいた。

「六時半まで部屋でゆっくりしといて、シャワーは五時までに済ませておいたらいいよ。五時過ぎると作業していた人たちが帰ってくるからね」

「はい」

私は二階の部屋に戻り、ベッドの上に寝た。天井の板には薄く宮古島の風景が描かれている。岬のような感じがする。一休みすると一階に下り、シャワーを浴びた。シャワー室は二つあった。私は右にあったシャワー室を使った。少し汗をかいていたので、気持ちよかった。シャワーを済ませると二階の部屋に戻り、ベッドに寝た。スマホのタイマーを六時二十分に設定して眠った。

「舞さん、起きなさい」

スマホの音声で目を覚ました私は、部屋の壁に貼ってある鏡を見てから部屋の外に出た。

一階の食堂に行くと、パンパンとクラッカーの音が鳴った。食堂にはここの社員の人たちが並んでいた。食堂の壁には「平迫舞さんようこそ」と横断幕に書かれていた。

「舞さん、そこに座って」

私と同じくらいの年齢の女性が近づいてきて言ってくれた。私はテーブルの一番前に座った。

私の前に社員寮担当の山城さんが立って、「これから、平迫さんの歓迎会をします」と言ってくれた。

「それでは、親睦会会長の宜名真《ぎなま》さんに歓迎のことばと乾杯の発声をお願いします」

一番高齢と思われる宜名真さんが立ち上がった。

「平迫舞さん、ようこそ宮古島までいらっしゃいました。当社はコーヒー栽培をしています。採りたてのコーヒーを食後に味わってください。それでは、みなさん、乾杯をします」

みんなが立ち上がったので、私も立ち上がった。

「乾杯」

「乾杯」

宜名真さんはとても大きな声だ。

私はソフトボール部にいた時に声出しの練習をしていたので、大きな声を出すことができるが、宜名真さんは私よりずっと大きな声だ。

「これから、自己紹介をしてもらいます。まずは、平迫舞さんからお願いします」

「平迫舞です。私は京都で生まれ、中学校卒業まで京都に住んでいましたが、高校は北海道に行っていました。高校を卒業して二か月ちょっと、ベトナムで働いていました。京都に帰ってきて、通信教育の大学に入学しました。仕事をスマホの就職サイトで探していたところ、こちらを見つけ応募しました。どうかよろしくお願いします」

拍手とともに口笛が鳴った。

「次は元からいる社員の自己紹介をお願いします。平迫さんの隣のマリアさんから順番に。時間は二分でお願いします」

「マリア・ケリアスです。私はフィリピン人です。技能実習生です。フィリピンには夫と二歳の女の子がいます。ここでコーヒー栽培の技術を学び、フィリピンで経験を生かしたいです。よろしくお願いします」

マリアさんはペコリと頭を下げて椅子に座った。順に自己紹介が行われた。日本人と外国人がほぼ半分だった。ここの人たちと仲良く仕事ができそうな感じがした。

自己紹介が終わると沖縄の踊りが始まった。私は踊り方がまったくわからなかったが、みんなのまねをして踊った。食堂は冷房がきいていたが、踊ると額にうっすらと汗をかいた。歓迎会の最後に農園長の浦添さんのことばで終わった。

「明日の六時に事務所に来てな」

「はい」

コーヒー農園の仕事はやっぱり早いんだ。私は部屋に戻り、スマホのタイマーを四時五十分に設定して眠った。

翌日の朝、「舞さん、起きなさい」の音声で目が覚めた。洗面所で顔を洗った。

「おはよう」

ベトナム人のフェンさんだ。

「おはようございます」

顔を洗い、食堂へ行くと三人がもくもくと食べていた。

「おはようございます」と私が言うと、ボソッと一人が下を向いたまま「おはよう」と小さな声で言った。

カウンターに行ってご飯、みそ汁、焼きシャケ、納豆、野菜サラダをお盆の上に載せ、座席についた。京都の朝食と変わらない。沖縄で獲れる魚はないのだろうか。シャケなんか北海道の魚じゃないか。そのあと、次々と人がやって来た。

私は食べ終えると食器を食器返却場所に返した。二階に戻り、昨日、浦添さんが貸してくれた作業服に着替えた。そして、事務所に向かった。

「おはようございます」

私は元気よく事務所のみんなに声をかけた。

「おはよう」

浦添さんが立ち上がって、私のそばにやって来た。もう一人、四十歳ぐらいの女性が近づいてきた。

「今日からしばらく、日下部さんといっしょに作業をしてもらうよ」

「はい。よろしくお願いします」

「さっそく行くよ」

私は日下部さんの後ろについて、軽トラックに乗った。

「これから行くところは、この軽トラで三十分ほどかかるよ」

「はい」

「私は日系ブラジル人よ。日本に来て八年になるのよ。初めは群馬県で働いていたの。この会社は四つ目の会社よ。今まで働いた中では一番いいよ。ここではもう四年目ね。もう古い方になるかも」

「そうなんですか」

「私は社員寮ではなく社宅に住んでいるの。小学生の子どもが二人いるよ。結婚していたけど二年前に離婚したのよ。シングルマザーね」

「それは、大変ですね」

軽トラックは宮古島市の中心街を越え、海の見えるところを走っていた。やがて、コーヒー農園の前で止まった。

「ここは第三コーヒー農園よ。新しい方ね」

日下部さんが軽トラックから降りたので、私も降りた。入り口のところに休憩所がある。

「持ってきた弁当、ここに入れといて」

私は日下部さんが指差した冷蔵庫の中に弁当を入れた。

「さぁ、行こう」

「はい」

日下部さんは休憩所のドアに鍵をかけた。鎌を持って私たちはコーヒー農園の奥に入っていった。五百メートルほど進んだうっそうと茂ったコーヒーの木の下で、「ここで雑草を刈っていくのよ。コーヒーの木を切ったらだめよ」と日下部さんが私の顔をまじまじと見つめて言った。

「はい」

「ちょっと、私の切るのを見といて」

「はい」

日下部さんは手際よく雑草を刈っていく。

「今度は舞がやってみて」

「はい」

私はコーヒーの木を切らないようにして、雑草を刈っていった。

「舞、なかなか手つきいいね」

「ありがとうございます。高校でやっていたもので」

「その調子でやっていって」

「はい」

日下部さんは私から十メートルほど離れたところで草刈りを始めた。ひたすら黙って作業を続けるのはけっこうきつい。汗が流れ落ちてくる。首にまいたタオルで汗をぬぐう。上を見上げても空はうっそうとした樹木の隙間に見えるだけだ。

「休憩しようか」

「はい」

「疲れるでしょう」

「はい。疲れました」

私たちは草の上に腰を下ろした。

「夏は四十五分作業したら十五分の休憩よ」

「そうなんですか」

「これ、塩飴あげるよ。汗かくから塩分とらなくちゃね」

「ありがとうございます」

「あのう、質問していいですか」

「どうぞ」

「一度テレビでブラジルのコーヒー農園を見たことがあるのですが、雑草なんかは機械で刈り取っていましたよ。なんでここは機械化できないのですか?」

「それは台風が来るからよ。整然と並べて植えると台風の風でコーヒーの木が倒れてしまうのよ。だから、コーヒーの木よりも高く育つものを周辺に植えて守るのよ。そして、ジャングルみたいな状態にするるよ。そうするとコーヒーの木が倒れないのよ」

「そうなんですか」

「今度、台風が来たらわかるわよ」

「そうですか」

「宮古島の夏は暑いでしょう」

「そうですね。でも、京都の蒸し暑さよりましかもしれません」

「そうなん。群馬も東京も暑かったな」

「日下部さんは日本のいろいろなところに住んでいたんですね」

「まあ、いろいろあってね。さぁ、仕事をやろうか」

「はい」

午前中は四時間働いて昼休みになった。入り口の近くにあった休憩所に戻って、弁当を食べ始めた。卵焼きがおいしかった。お母さんが作ってくれた卵焼きが思い出された。

高木の話によると、お母さんの墓は城陽市に造ったそうである。ずっと優しいお母さんだった。今度、京都に帰った時には墓参りをしなくてはと思っている。

弁当を食べ終わると昼寝タイムだ。一時五十分にスマホのタイマーを合わせると、私たちは午前中の作業に疲れていたので、眠りについた。

「舞さん、起きなさい」のスマホの声で私たちは目を覚ました。

「それじゃあ、午後の部を働こう」

「はい」

私たちは鎌と水筒を持って、コーヒー畑の奥深くに入っていった。

「ここで作業するよ」

「はい」

私たちは左右に分かれて雑草刈りの作業を始めた。午後の作業はやはり暑い、汗が流れてきて体にまとわりつく。水筒の水を口にする。水が生ぬるい。一時間に十五分の休憩を取りながら、どうにか作業を終える。

「舞、帰ろう」

「やっと終わりましたね」

歩き出すと足がふらつく。立ち止まり深呼吸をする。

「舞、疲れたのか？」

「はい」

「ふっふっふ。みんな初めの日はそんなんよ。三日もすると慣れるよ」

「そうですか」

よたよたしながら、休憩所にたどり着く。冷蔵庫にあった冷たい水を飲み干す。生き返った感じがする。空の弁当箱を持って軽トラックに乗る。日下部さんが口頭で行き先を指示している。軽トラックはゆっくりと走りだした。海のそばを走り、町の中を通り、コーヒー農園の事務所の駐車場にたどり着いた。事務所の浦添さんに帰ってきた報告をした。

「日下部さん、今日は一日ありがとうございました」

「お疲れ」

日下部さんと別れ、社員寮に帰った。部屋に戻ると着替えの服を持って、一階のシャワー室に行った。幸い二つとも空いていたので右側のシャワー室に入った。頭からお湯を浴びると気持ちがよくて、疲れが飛んでいく。あぁ、働いた。ここでしばらく続けられそうな気がした。

部屋に戻りベッドの上に仰向けに寝たが、このままでいると眠ってしまいそうになるので、今日着ていた服、下着を持って洗濯室へ行く。洗濯機に洗剤を入れ、スイッチを押す。部屋に戻らずに外へ出て、事務所の方に向かって歩く。うわぁ、まだ暑い。私はすぐに社員寮に戻り、食堂へ行く。

「ただいま」

大浜さんに声をかける。

食事を作っていた大浜さんがチラッと振り返り、「お帰り」と言った。

私はリモコンでテレビのスイッチを入れた。ニュースでは、この日も暑く、最高気温で埼玉県の越谷では四十一・三度になっており、京都は三十九・二度になっていた。宮古島はなぜか報道されていなかったが、たぶん三十五度程度だろう。

「こんばんは」

中山さんが食堂に入ってきた。彼女は東京出身の女性で、私と同じくコーヒー農園で働いている。

「こんばんは」

私は中山さんの方を向いて言った。

「舞さん、初日の感想はどうですか」

「とても疲れました」

「そう。一週間もしたら慣れるよ」

「日下部さんもそう言っていました」

「そうだよ。慣れ慣れ」

「こんばんは」

フェンさんが食堂に入ってきた。

「こんばんは」

「こんばんは」

そのあとに、リーさんやモドリさんが帰ってきたのが見えた。リーさんは韓国から、モドリさんはフィリピンからの女性だ。年齢は私より少し上かな。

やがて、六時三十分になり、食事開始のチャイムが鳴った。ああ、お腹が空いた。やっと食べられる。今日のメニューは親子丼、サラダ、みそ汁だ。食べ始めてから、リーさんやモドリさんなどが食堂に入ってきた。

「こんばんは」

「お疲れ」

などの声が飛び交った。

「ここの夕食のメニューは月曜日がカレーライス、火曜日は豚汁、水曜日が親子丼、木曜日がゴーヤチャンプル、金曜日はホワイトシチュー、土曜日は冬がおでんで、それ以外の季節は野菜炒めということになっているんよ。小皿のサラダは月曜日、水曜日なの。火曜日、木曜日は煮物、土曜日はもずく、つくだ煮なの。これは一年間続くのよ。来年一月からのメニューはメニュー委員会で検討されて、寮生友の会総会で決定されるのよ。朝食は大浜さんが考えて作るの。食費のことと手間のことがあるので高い食材や手間のかかる料理はだめね」

隣に座っているフェンさんが教えてくれた。

「そうなんですか。日曜日は食事出ないのですか」

「そう。大浜さんが休みよ。それから、平日に年三回の外食の日と、年三回バーベキューの日があるよ。これも大浜さんに休みを取ってもらうためよ」

「ふーん。そうなんですか」

「日曜日は外食するか、パンを前日に買っておくか、カップ麺を食べるかね。食堂の台所は使ってはだめということになっているのよ。中には三食コーヒーだけの人もいるよ」

「お腹が空きそう。私は無理だと思います」

「そうね。私も今のところそんな体験はないわ。でも、国の家族へ少しでも多く送金したい人がいるよ」

「偉いな。私は送金する必要がないだけ、恵まれているんですね」

「そうよ。私も送金する人がいないからいいわ」

私は食器をカウンターに持っていった。

「おいしかったです」

「それはよかった」

大浜さんが笑顔で答えてくれた。


私は部屋に戻って、ベッドの上に横になった。やっぱり疲れた！　今日はゆっくりして明日の朝に備えよう。勉強は明日からにしよう。私は歯を磨いてパジャマに着替えた。

「天国のお母さん、おやすみ」

私はすぐに眠りの世界に入った。


翌朝、「舞さん、起きなさい」の声で目が覚めた。

さぁ、仕事だ。頑張らなくちゃ。洗面所に行く。

先にリーさんと中山さんがいる。

「おはようございます」

元気よく言う。

「おはよう」

「おはよう」

と返してくる。顔を洗い終えると食堂に行き、朝食を取る。起きたばかりなので、あまり食欲がない。でも、十二時までは食べることができないので、食べ物を口の中に入れる。食べ終えると部屋に戻り、作業服に着替える。食堂に行って自分の弁当を受け取る。合わせて自分の水筒を受け取る。

「行ってらっしゃい」

大浜さんが笑顔で言ってくれる。

「行ってきます」

私も笑顔で返す。

玄関に出て事務所へ行く。五分ほどして日下部さんがやって来る。事務所横の駐車場に行き、軽トラックに乗せてもらい、昨日と同じコーヒー農園に行く。そして、昨日と同じ草刈り作業を始めた。奥に入っていくほど空気の流れが悪くなっていて蒸し暑い。

やがて昼になり休憩所に戻り、弁当を食べる。そのあとは昼寝だ。そして、作業開始だ。昨日と同じだ。作業が終わると軽トラックに乗り、帰途に就く。日下部さんが「コンビニに寄って行こうか」と言う。

「はい」

「おやつでも買ったらいいよ」

しばらくして、コンビニに到着する。

「ここは島の唯一のコンビニよ」

「はぁ、そうなんですか」

私はコンビニの中に入り、チョコレートとアイスクリームを買った。そして、軽トラックに乗り、社員寮に帰った。部屋に着くとすぐにアイスクリームを食べた。久しぶりの味だ。これは沖縄のメーカーが作ったサトウキビ味のものだ。おいしい。今日一日、働いてきてよかった。この日も通信教育の勉強が手につかないままに寝てしまった。

勉強を初めてしたのは、休みの日にオンライン授業を一時間受けただけ。授業は「地球環境論Ⅰ」だった。地球が誕生してから今日まで、環境がどのように変化してきたかという概要だった。なんか話が難しくて半分寝ていた。この続きはまた次の日にしようと思い、ベッドに上がり眠ってしまった。

この社員寮には、小学校の卒業認定テスト受講講座を受けている人をはじめとして、日本語の通信教育、中学校の通信教育、高校の通信教育、大学の通信教育、大学院の通信教育を受けている人がいて、食事後は勉強に取り組んでいる人が多い。

みんな偉いわ。私はなかなか同じようにはできない。

宮古島に来て二か月を過ぎたある日曜日、社員寮友の会主催で日帰り旅行に参加した。宮古島の風景がきれいな場所を三台の乗用車で回った。最初に行ったのは東平安名崎《ひがしへんなざき》だ。岬がずっと海に突き出ている場所だ。展望台に行って下を見ると断崖絶壁だ。高所恐怖症の私は思わず、あとずさりをした。

「舞、怖いの？」

私の姿を見たリーさんが聞いてきた。

「はい。私はこういうところが苦手なの」

「ふーん」

「ここで写真を撮ろう」

中山さんがみんなに呼びかけると、東平安名崎と書かれているところに集まった。

「はい。ゴーヤー」

リーさんが言うと、みんなも「ゴーヤー」と小さく言う。中山さんがみんなの中に並び、タイマーのシャッターが静かにカシャッと音を立てた。

世話役のモドリさんが「次は池間島へ行くよ」と、みんなの方を向いて言った。乗用車にみんなが乗り、走り始めた。海岸線を静かに走る。やがて、長い橋の手前の駐車場に乗用車は止まった。外に出て周りを見ると、橋は隣の島へつながっていた。ライトブルーのきれいな海が広がっていた。ここでも、記念写真を撮った。

再び車に乗り、橋を渡って隣の島へ行った。そこは、湿原が広がっていた。釧路湿原とは違った雰囲気がした。また、さっきの橋のたもとに戻った。そこで、シートを広げて昼食を取った。世話役のモドリさんが、おにぎりとサンドイッチを買ってきてくれていた。私たちは「いただきます」と言ってほおばった。ライトブルーの海を見ながら昼食を食べることができるなんて最高だ。

食べ終わると私たちは社員寮に戻った。いい体験をさせてくれた世話役のモドリさん、運転してくれた中山さんに感謝だ。ありがとう。

私は車の運転免許を取りたいと思った。免許を取る費用は会社から半額補助される。乗用車は自動運転だが、もし自動運転機能が故障した場合の対応と、交通法規のテストがあるために自動車教習所は存在している。農業技術職として正社員を目指すなら運転免許は必要なのだ。

京都の味

時が過ぎるのが早く、秋になり冬になり、さすがに宮古島は涼しくなり、コーヒー農園での作業がやりやすくなっていった。十二月に入り、年末年始は一週間休みであることを知らされた。どうしようかと考えたが京都に帰ることにした。

お祖母ちゃんは一人で暮らすのが困難になったため、老人介護施設に入っている。お祖母ちゃんの家は平迫流の練習場として使われている。私はお祖母ちゃんの家に帰ることにした。しばらく会っていない妹のをどりに会いたかった。

をどりは東京の高木の実家に預けられているという。高木に頼んで京都に連れてきてもらうことになっている。もう四歳になっているをどりは、どんなふうになっているのであろうか。私のことを覚えているのだろうか、心配だ。

私は宮古空港から飛行機に乗って、関西空港へ向かった。年末とあって、空港の中は混雑していた。早めにチケットの予約をしていてよかった。飛行機の中で隣に座った人は会社員のようだった。なんだかクールな感じの人だ。関西に住む家族のもとに帰るのであろうか。

関西空港からは特急はるかに乗って京都に向かった。この特急の指定席もほぼ満員だった。やはり年末で、関西で年を越すために帰ってきているのだろうか。京都の家に帰ると、弟子の亜里寿さんが鍵を開けて家の中で待っていてくれた。

「舞さん、お帰りなさい」

「亜里寿さん、お久しぶりです。今日は家で待っていてくれてありがとうございます」

「ご飯を作っておきましたし、お風呂も沸かしておきました。明日の朝十時に車で迎えに来ますので、お師匠さんのところに行きましょうね」

「はい。よろしくお願いします」

「それでは、私は帰らせていただきます」

「ありがとうございました」

亜里寿さんは帰っていった。

私は食事を食べる前に風呂に入った。浴室の中は清潔に掃除がされている感じがした。お祖母ちゃんの弟子の人たちが掃除をしてくれたのだろう。浴槽の中に入るとほっとする。

私は生まれてから小学校四年生までこの家で暮らしたのだ。お母さんとお父さんが離婚したため、この家から離れた。はっきり覚えていないこともあるが懐かしい家だ。

風呂から出ると亜里寿さんが作ってくれた食事を食べた。ハンバーグ、卵焼き、野菜の煮物、漬物がリビングのテーブルの上にあった。ハンバーグのそばにメモ用紙が置いてあった。冷蔵庫の中に明日の朝食がありますと書いてあった。ありがとう。

メモを見終わるとハンバーグ、卵焼き、野菜の煮物を電子レンジで温めた。それらをテーブルの上に載せ、卵焼きを口の中に入れた。ああ、なんかお母さんの卵焼きの味がした。そうだ、これはお祖母ちゃんの卵焼きの味なんだ。お母さんも亜里寿さんもお祖母ちゃんから卵焼きを習ったんだ。だから同じ味なんだ。

私はテレビをつけた。コマーシャルを見ていると京都に帰ってきた感じがする。京都しか映らないものがある。バラエティ番組だったので、チャンネルを変えた。Ｅテレにするとダンス番組だった。ソーシャルダンスだ。昭和三十、四十年代にはやっていたものらしいが、今再びはやっているらしい。

ハンバーグ、野菜の煮物、卵焼き、漬物、ご飯と全部食べた。茶わん、箸を台所に持っていき、洗った。そうだ、ひとみにメールをしよう。

ひとみ、元気にしてる？　未空ちゃんは三歳になったのかな？　舞は京都に帰ってきたよ。お祖母ちゃんの家にいるの。都合がついたら動物園で会わない？　返事を待っています。

三十分ほど待ったが、返信がなかったので、寝室に行き、ベッドで寝た。翌日になってスマホを見ると、ひとみからの返信があった。

舞、お帰り。うちは元気だけど、二五日が出産予定日だったけど、まだ出てこないのでしんどいんや。だから、動物園には行けないんや。生まれたらメールする。バイ、うぶなお嬢ちゃん。

えっ。ひとみはまた妊娠したのだ。結婚したのかな。まったく私の知らない世界だ。ひとみがどんどん私の知らない世界に行くようで、悲しかった。

私は朝食を食べると亜里寿さんが迎えに来てくれた乗用車に乗って、お祖母ちゃんのいる老人介護施設に行った。その施設は修学院のはずれにあった。建物の中に入っていくと、受付でカードを渡された。十メートルほど廊下を歩いていくとドアがあった。そこでカードをかざすとドアが開いた。さらに三十メートルほど歩いていくと、エレベーターがあった。そこでもカードをかざすと扉が開いた。五階まで行き、一番奥の部屋にお祖母ちゃんがいた。私の顔を見ると「舞、よく来てくれたね」と微笑んだ。微笑んだ表情が弱々しかった。前のお祖母ちゃんではなかった。亜里寿さんがどこかに行ってしまった。私とお祖母ちゃんの二人きりにしてくれたのであろう。

「お祖母ちゃん、前に話しておくべきだったんだけど、つい言いそびれて……ベトナムでお父さんに会ったよ。前と違って真面目に働いていたよ」

「そうかい、そんな話を聞けて嬉しいよ。舞、ありがとう」

「ツバルにもいっしょに行ってくれたよ」

「それは、どこなん」

「南太平洋に浮かぶ小さな島よ」

「舞はいろんなところに行くね。やっぱり放浪癖がある多津彦に似たんかねぇ」

「うふふ。そうかもね」

「大みそかと三日までは家に帰って舞といっしょに過ごすね。今回は舞と過ごす最後の正月になるかもねぇ」

「お祖母ちゃん、何を弱気なことを言っているのよ。これから何回も何回も、いっしょに舞と正月を過ごすんでしょう」

「そうなるといいんだけど」

「そうなる。だいじょうぶよ、お祖母ちゃん」

「舞にそう言ってもらえると嬉しいよ」

しばらく話したあと、スマホのアラーム音が鳴った。

「お祖母ちゃん、もう帰るよ。十一時三十分に京都駅近くのホテルで、をどりと会う約束になっているのよ」

「えっ、あんな小さな子が一人で来るの?」

「もちろん高木さんが連れてくるのよ」

「そうだろうね」

「じゃ、お祖母ちゃん。大みそかの日、待っているよ」

「ありがとう」

お祖母ちゃんは涙声になっていた。

「お祖母ちゃん、元気でね」

「あ……りがとう」

お祖母ちゃんはすっかり気が弱くなっていた。私は老人介護施設を出て、予約していたタクシーに乗った。

妹とお祖母ちゃん

京都の街中は年末になったので、ふだんより道路が空いていた。高木さんとの約束の時間に少し遅れてホテルに着いた。ロビーで高木さんとをどりが待っていてくれた。

「ごめんなさい。待たせてしまって」

「今来たばかりだよ」

「をどり、こんにちは。舞お姉ちゃんよ」

をどりは下を向いたままで何も言わなかった。

「ごめんよ舞さん。をどり、この頃すっかり人見知りをするようになって」

「そうなん。人見知りって成長よね。をどりもお姉さんになったんだ」

をどりは下を向いたままで、私と視線を合わせようとはしなかった。そこには私が知っていた、二歳の元気なをどりの姿はなかった。私たちはホテルのレストランに入った。料理を頼んで周りを見回すと、まだかなり空いていた。

「舞ちゃん、もし時間があったらお母さんの墓参りしてくれないか」

「お母さんのお墓を造ってくれてありがとうございます」

「小さな墓だけどね。城陽にあるんだ」

「城陽は行ったことがあります。私の行っている大学の校舎があるところです」

「そうだったね。校舎のある方向とは違って東側なんだよ」

「そうなんですか」

をどりが顔を上げて、ちらっと私の顔を見ている。をどりは少し私に慣れてきたようだ。

をどりのお子様ランチが最初にやってきた。

「をどり、お先にどうぞ」

をどりはフォークを持って、おっとりと食べ始めた。なんか動作がかわいらしい。私も五歳の頃はこんなんだったのかな。次にエビフライとライスがやってきた。

「お先にどうぞ」

「うん」と高木さんは言ったが、食べなかった。まもなく私が注文したステーキ、スープとライスが運ばれた。

鉄板の皿の上で油が飛んでいる。

「いただきます」

私は肉片をフォークで口の中に入れた。宮古島の社員寮の中では出てこないメニューだ。おいしい！　幸福感にひたる。

高木さんと暮らせば、この三人で仲良く暮らせるかもしれない……やっぱり、それはない。私は高木さんのなんになるの。それにお祖母ちゃんが反対するだろうな。をどり、ごめんね、いっしょに暮らせなくて。お姉ちゃんは宮古島なんて遠い島に行って、好きなことをやっているけど許してね。

私は瞬く間にステーキを平らげた。ああ、おいしかった。満足、満足だ。二人を見るとまだ食べていた。私はしばらく二人の食べている様子を眺めていた。


二人が食べ終えると、三人で城陽のお墓に行くことになった。近鉄京都駅に行って大久保駅に向かった。電車は住宅街を走り、宇治川の鉄橋を渡り、水田の風景を見ながら、再び住宅街を通過して大久保駅に着いた。そこから霊園に向かった。お母さんが、縁もゆかりもない城陽に眠っているなんて寂しかった。でも、あまりお金持ちではない高木さんが造ってくれたのだから感謝だ。

私はお墓の前で手を合わせて目をつぶった。

お母さん、なぜこんなに早く逝ってしまったの。舞は元気よ。ここから遠い沖縄県宮古島で頑張っているよ。中学生の頃のように昼までゴロゴロ寝ていた舞とは違うよ。やる時はやるのよ。ここで見ていて、また来るからね。

目を開けて後ろを振り返る。二人が静かに待っていた。私が左側に寄ると高木さんが「をどり、前に行って手を合わせて」と言った。をどりがお墓の前に行き、小さな手を合わせる。なんかかわいらしい。

をどりが後ろを振り返り、高木さんのところに戻った。高木さんが墓の前に立ち、手を合わせた。お母さんは初めからこの人と結婚すればよかったのに。そうすれば幸せに暮らせたのにな。

墓参りが終わると待たせてあったタクシーで再び大久保駅に戻った。

「僕たちはこれから東京へ行くよ。また、をどりを預けなくちゃいけないから」

「ありがとうございました。お母さんのお墓参りができたし、嬉しかったです。それに久しぶりにをどりにも会えたし、体も大きくなってお姉さんになったね」

をどりはちょっと嬉しそうな顔をした。

「僕は京都駅まで行くけど、舞ちゃんは丹波橋で降りて京阪に乗り換えたらいいよ」

「はい」

大久保駅で近鉄電車に乗り、丹波橋へ行った。そこで二人と別れた。をどりは私にそっと手を振ってくれた。今度会うのはいつになるのだろう。

京阪神宮丸太町に着くと歩いて帰った。お祖母ちゃんの家に戻ると、リビングのテーブルの上に食事の用意がしてあった。弟子の亜里寿さんが用意してくれたのであろう。感謝だ。テーブルの上にメモが置いてあった。そこには明日にお祖母ちゃんが帰って来て、大みそかをいっしょに迎えたいとの伝言が書いてあった。

そうだね、一人で迎える大みそかは寂しいもんね。明日はこの家の掃除をしてお祖母ちゃんを迎えよう。

私は食事を取り、食器を洗うと久しぶりに大学のレポートに取り組んだ。地球環境史概論Ⅰの課題テーマは、「自分の住んでいる場所の環境の変遷について論ぜよ」ということであったので、宮古島のことは詳しくわからないので以前住んでいた京都の環境の変遷について書いた。レポートを書き始めて十分もすると睡魔に襲われた。スマホの手を止めて、この続きは明日にしようと思った。今日はお祖母ちゃんのところへ行ったし、をどりにも会ったし、墓参りにも疲れたのだ。大学は八年かけて卒業できたらいいのだし、ゆっくりいこう。すぐに私はベッドの友になった。お母さん、おやすみなさい。いい夢が見られますように！

翌日、目を覚ますと亜里寿さんが作ってくれた朝食を電子レンジで温めて食べた。それから、掃除を始めた。床掃除は自動掃除機タンゴに活躍してもらった。窓ガラスは窓ガラス自動掃除機マドッカーに活躍してもらった。トイレ掃除はトイレ用自動掃除機トレンジャーに活躍してもらった。私はテーブルの前で椅子に座り、スマホでそれぞれの掃除機の動きを見ていた。掃除は十五分ほどで終了した。さすがにお祖母ちゃんの家の自動掃除機は新しいものばかりで性能が良い。それにふだんから弟子の人たちが掃除をきっちりしているようなので、もともとたいして汚れていなかった。

それから、昨日のレポートの続きを書き始めた。京都は一万年ぐらい前までは、大阪湾の海水が入ってきて海の底にあった。それがやがて海水が引いて大阪湾と分離され、湖になった。その京都湖も水が減少して湿地帯となり、完全な陸地となった。さらに、北海道くらいの寒い期間もあったそうだ。その証拠に京都市北部にある深泥池の中の浮島に、北海道にしか生えていない水草があるそうだ。また、京都が海底だった頃は、隣の滋賀県では大変暑い気候で、南方系の象やワニの化石が発見されている。それらは琵琶湖博物館に展示されている。だから、京都の環境は変化しているのである。それはなぜかということは私にはわからない。

近年、京都の気温はどんどん上がっている。お祖母ちゃんが二十代の頃は、この家の周辺では雪が二十センチメートルも積もったそうだ。今はこの家の周辺で雪がちらつくことはほとんどなくなった。この現象は地球温暖化と京都の都市化現象が重なっているようだと推定されているようである。私はレポートをそのようにまとめようと思った。

私がレポートを書いている途中で、弟子の亜里寿さんがやって来て、昼食を作ってくれた。

私は昼食を食べ終えると亜里寿さんの乗用車に乗せてもらって、お祖母ちゃんを迎えに行った。老人介護施設にいたお祖母ちゃんは上機嫌で私たちを迎えた。

「ありがとうね亜里寿、舞。私はいい弟子と孫を持って幸せだねぇ」

亜里寿さんは何も言わずニコニコと微笑んでいた。

「私もお祖母ちゃんとお正月を迎えることができて嬉しい。さぁ、行きましょう」

私たちはエレベーターで一階へ降りた。お祖母ちゃんの歩き方は、思ったよりしっかりしていた。さすがに日本舞踊で鍛えた足だ。玄関前の駐車場に止めてあった乗用車に乗って家に帰ってきた。

お祖母ちゃんはリビングに入り、ソファに座ると、「やっぱりいいねぇ自分の家は。でも、まぁ、この部屋でもいろんなことがあったよ。舞の母親の愛海さんも内弟子の頃は亜里寿さんのように、かいがいしく働いてくれたね」

「大師匠さん、緑茶です。舞さんもどうぞ」

亜里寿さんがそっと湯飲み茶わんを置いた。

「私が島根の中学校を卒業して、先代の師匠に弟子入りした時は前の家だったけど、弟子や練習生が多かったね。今ではすっかり寂れてしまった。悲しい限りだね。うちだけではなく、日本舞踊各派も同じようだね。フラダンス、ヒップホップダンスやら洋物の踊りに押されてしまって、日本舞踊なんてすっかりすたれてしまったねぇ。こんなことを言うとぐちになってしまうけど、ほそぼそとでもやれているうちらは、まだましな方かもしれないねぇ。ねぇ、亜里寿」

「はい。大師匠が長年頑張ってこられたからですわ」

「そう言ってもらえると嬉しいわ」

「大師匠、休まれますか」

「そうだね。ちょっと疲れたね」

お祖母ちゃんは亜里寿さんといっしょに寝室へ行った。私はレポートの続きを書いた。

亜里寿さんが寝室から戻ってきて、台所で何かを作っていた。五時にやっとレポートを書き上げることができた。年が明けて四日にでも転送しておこう。

テレビをつけると京都の町の大みそかの風景が映った。懐かしい八坂神社や伏見稲荷大社が映っていた。お母さんやをどりといっしょに行ったっけ。

亜里寿さんがお祖母ちゃんを寝室から連れてきてくれた。

「舞さん、少し早いですが、食事にしましょう」

亜里寿さんが台所から声をかけてくれた。

「はい」

私は台所のテーブル席に座った。

はまちの造り、茶わんむし、野菜の煮物がテーブルの上に並んでいた。お祖母ちゃんと亜里寿さんにはワイン、私にはリンゴジュースが置かれていた。

「乾杯をしましょう」

「はい」

私はグラスを持った。

「今年一年間ご苦労さんでした。来年もいい年でありますように。乾杯」

「乾杯」

私はお祖母ちゃんのワイングラスと亜里寿さんのワイングラスに、私のジュースグラスをカチッと当ててから、ジュースを飲んだ。おいしいリンゴジュースだ。

「亜里寿さん、このリンゴジュースは三条の大正屋で買って来てくれたの？」

「はい」

「ありがとう」

「私が亜里寿に頼んだのよ」

「やっぱり。お祖母ちゃん、ありがとう」

「そりゃあ、かわいい孫が遠いところから帰ってきたんだからねぇ」

「お祖母ちゃん、嬉しいよ。宮古島では手に入らないよ」

私はコップの中のリンゴジュースをいっきに飲み干した。

「好きなだけ飲んでよ」

「うん」

はまちの造り、茶わんむし、野菜の煮物を食べ終えると、亜里寿さんがそばを持ってきてくれた。そばの上に大きな油揚げがのっている。きつねそばなのだ。宮古島では沖縄そばを何回か食べたが、日本そばを食べるのは久しぶりだ。きつねそばもいっきに食べた。

お祖母ちゃんと亜里寿さんを見ると、そばが半分以上残っていた。

「舞は食べるのが早いのね」

「うん。これだけが取り柄」

「そんなのが取り柄になるのかい。まったく」

お祖母ちゃんが苦笑いをしていた。

私は食べ終わると食器を台所まで持っていった。リビングに戻り、お母さんが映っているＤＶＤを見た。お母さんがまだお祖母ちゃんの弟子の頃の映像だ。

お母さん、かわいい！　お父さんが惚れるわけだよね。でも、じっと見ていると涙が出てきた。やめておこう。

映像をテレビに切り替えた。紅白歌合戦がもう始まっていた。私の知らない女の子のグループが元気よく歌っていた。しばらく見ていると眠くなってきた。このままテレビを見たかったし、除夜の鐘を聞きたかったけど眠気には勝てなかった。テレビを消し、私の寝室に行った。スマホのタイマーを十一時五十分に設定して眠りの世界に入った。

「舞さん、起きなさい」の音声で目が覚めた。頭の中がボーッとしている。眠たい。それでも起きなきゃ。せっかく京都で過ごす大みそかだ。除夜の鐘を聞かなくちゃ。

リビングに行ってテレビをつけると紅白歌合戦が終わり、「ゆく年くる年」が始まっていた。年末の東京・浅草の様子が映っていた。京都の知恩院に画面が移り、僧侶が鐘を打つ場面になった。ゴーンとテレビから低い鐘の音が聞こえてきた。それと同時にゴーンという鐘の音が聞こえてきた。やっぱりここは京都だ。

今では夜中の鐘の音がうるさいと苦情が寺に寄せられ、昼の十二時に除夜の鐘を撞いているところがあるというのに、夜中にこんなことができるんだ。私はテレビの音を消し、外から聞こえてくる除夜の鐘を満喫した。京都の街よ、ありがとう。私は京都に生まれ育ってよかった。そのあと寝室に戻り、眠りの世界に入った。

翌朝、目を覚まし洗面所に行き、顔を洗っているとプーンといい匂いがした。亜里寿さんが雑煮を作っているのだろう。リビングでテレビを見ていると、亜里寿さんが台所から「できましたよ」と声をかけてくれた。台所へ行くと、すでにお祖母ちゃんがテーブルの前にいた。

二人の前にお屠蘇が置かれていた。私の前には、コップの中に透明の液体が入ったものが置かれていた。「明けましておめでとうございます。今年もみんな仲良く、いい年でありますように。いただきます」と、お祖母ちゃんが厳かに言った。私と亜里寿さんは「いただきます」と言った。白みその雑煮だ。中にえびが入っていた。上に三つ葉がのっていた。去年の正月は、羽幌でインスタントラーメンの中に餅を入れて食べたっけ。なんかわびしかったな。お祖母ちゃんが生きていてくれてよかった。お母さんと同じ味がする。

「舞は今年どんなことをするんだい」

「今のコーヒー農園で一年間働くことと、大学の単位を三十以上取ることかな。お祖母ちゃんはどんなことをするの」

「そうだね。好きな短歌を作ることかな。それを新聞や同好会の会誌に掲載してもらうことかな。それに賞が欲しいね」

「お祖母ちゃん、すごいね。たくさん短歌を作ってね。亜里寿さんは?」

「私は九月に結婚することになっているので、それが実現できるようにしたいと思います」

「おめでとうございます。その彼はどんな人ですか?」

「今は台湾の台北に住んでいます。時々、日本に帰ってきます。IT関係の仕事をしています」

「そうなんだ」

「この子は養護施設で育ったんだよ。熊本の赤ちゃんポストに置かれていたんだ。だから両親はわからないのだそう。高校を卒業して、うちの内弟子になったんや。だから幸せにならなくちゃいけないんだよ」

亜里寿さんは下を向いたまま、お祖母ちゃんの話を黙って聞いていた。世の中にはそんな人もいるんだ。高校三年生までお母さんが生きていた私は、幸せなのかもしれない。

雑煮を食べ終わると食器を台所に持っていき、洗い始めた。

「あら、舞さん、いいですよ。私が洗っておきますから」

後ろから亜里寿さんの声がした。

「いつも亜里寿さんにしてもらっているから、たまには私がします」

「ごめんなさい。舞さんにそんなことしてもらって」

「気にしない、気にしない。当然よ」

「すみませんね」

亜里寿さんはお祖母ちゃんを寝室に連れて行った。ここに来てから亜里寿さんを頼りすぎたことに反省だ。もっと何でも自分でしなくちゃ。

スクーリング

三日の午後に、お祖母ちゃんを亜里寿さんといっしょに老人介護施設に連れて行った。お祖母ちゃんと再会を約束して別れた。

帰りに鴨川近くにあるスーパーマーケットに連れて行ってもらった。これからの食料を買った。宮古島への出発までは私が食事を作ることにした。亜里寿さんが作ってくれると言ったが、それでは甘えすぎに感じた。

五日分の食料を乗用車に載せて家に帰った。玄関前でお礼を言って別れた。

四日からは城陽の大学の校舎に授業を受けに行った。地球環境論実習Iである。作業しやすい服装ということだったので、コーヒー農園で働いている時の作業着を持ってきた。学校に着くと更衣室で着替えた。

実習室に入り、先生が来るのを待った。学生は八名だった。一番年上の人が七十代と思われたが、十代後半、二十代と思われる人が多かった。先生が入ってくると自己紹介があり、研究してきた経過が説明された。そのあとに学生の自己紹介があり、先生から今日の実習の内容が説明された。校舎から木津川の流れ橋まで行って、その間にあるごみを拾う作業をするのだ。それを学校に持ち帰り、分析するのだ。そういえば中学校時代も美化活動で、校舎の周りのごみを拾ったことがあったっけ。

でも、あの時はごみの分析をすることはなかった。ごみは集めて、京都市が指定していたごみ袋に入れて捨てただけであった。

私たちは半透明の紙袋と火バサミを持って校舎を出た。道路の両脇には、たばこの吸い殻、ジュース類の空き缶、ティッシュペーパーなどが捨てられていた。道路の両側には水田や畑が広がっていた。農村の風景である。

しばらく行くと馬小屋があり、運動スペースで馬がのんびり草を食べていた。この馬は、乗馬用の馬なのであろうか。木津川の土手の上に登ると雄大な川の流れが見えた。

「先生、あのテレビや炊飯器も持ち帰るのですか」

二十代と思われる学生が先生に尋ねた。

「ああいう粗大ごみはスマホに撮っておいて。持ち帰らなくていいです」

「はい」

私たちは、道路とその端にある細かいごみをもくもくと紙袋の中に入れた。流れ橋まで着くと大学の方向に戻った。この橋は木造の橋なので、時代劇のロケ地になるそうだ。帰りはほとんどごみが落ちていなかったので早く戻ることができた。

実習室に入り、ブルーシートを敷き、そこに紙袋を置いた。

「ご苦労さんでした。ここで休憩にします。午後一時から実習を再開します」

「はい」

私たちは食堂に入り、カウンターで予約していた弁当を受け取った。私たち四人は入り口近くのテーブルに集まった。食べながらもう一度、自己紹介をした。

「福岡県から来た西本です。実家の和菓子屋を手伝ってます。四回生です」

「イギリス人のロバートです。今は高知県の農場で働いています。聴講生です」

「沖縄県宮古島から来ました平迫です。コーヒー農園で働いています。中学生まで京都にいました。一回生です」

「鳥取から来た品川です。定年退職してからこの大学に通っています。文学部日本文学科を卒業してから、二度目の入学をして二回生です」

みんな、いろんな経歴を持った人たちだ。私が一番若いかもしれない。みんなで今日の授業の感想を話していると一時が近づいてきた。

「さぁ、実習室に戻ろう」

品川さんが立ち上がると、四人はカウンターに弁当箱を戻しに行った。

実習室に戻って先生を待っていると、学生は七人になっていた。あの「テレビや炊飯器を持ち帰るのですか」と言った学生はいなかった。用事があって帰ったのであろうか。

三分ほど待っていると先生がやって来た。

「みなさん、ブルーシートの周りまで来てください」

「はい」

私たちがブルーシートの周りに行くと先生は、「紙袋の中身をブルーシートの上に置いてください」と言った。

みんなは各自が集めた紙袋から、ごみをブルーシートの上に広げた。

「各自が集めたごみを分類してください」

「はい」

私はごみを分類し始めた。缶類、ガラスや合成樹脂などでできたビン類、たばこの吸い殻、紙類、釘や針金などの金属、輪ゴムなどに分類された。

「分類ができたら個体を数えてください」

「はい」

私は分類していた物を数えた。缶類三本、ビン類二本、たばこの吸い殻十一本、紙類四個、金属二個、輪ゴム一本、髪留めのゴム一本、つまようじ一本、わり箸一膳、犬のフンであった。それを全員分集約すると、缶類二十一個、ビン類十一本、たばこの吸い殻六十九本、紙類二十二個、金属八個、輪ゴム三本、髪留めのゴム六本、つまようじ九本、割りばし五膳、犬のフン八十二グラム、弁当の紙容器六個、鉛筆二本、ボールペン三本、消しゴム二個、土鍋一個、単三電池二本、何かわからないものが三個だった。まぁ、いろんなものが落ちていた。流れ橋の近くに行くとごみが多くあった。あそこは、この辺りの観光スポットになっているからだと思う。

品川さんが落ちていたもののすべてをホワイトボードに書き上げてくれた。

「これをみんなで考えてみよう」

「はい」

朝から先生が何か言うと「はい」と大きな声で返事をしている女性がいるが、高校時代に体育系部活にいたのであろうか。

みんなで実習机の前にある椅子に座った。

「一番ごみの数が多かった、たばこの吸い殻について考えてみよう。なぜ一番多いと思いますか。だれか意見を言ってください」

品川さんが手を挙げた。

「はい。どうぞ」

「日本の都市はどこでも人通りの多い通りでたばこを吸うことを禁止しています。罰金を取る自治体があります。しかし、禁止されていない場所では吸っている人がいます。川の土手なんか、ふだんあまり人がいませんので吸う人がいます。その吸い殻がいっぱい落ちているのです。たばこの製造を禁止しない限り、この問題は解決しません。製造を禁止するると、さまざまな問題が出てきます。たばこの葉を育てている農家の保障をどうするかということ、それからたばこの輸入を禁止すると密輸入のたばこが入ってきます。それをどう防ぐかという問題になり、今の覚せい剤、大麻などと同じ問題が起き、あれっていくら取り締まっても日本に入ってきます。たばこは人の嗜好の問題なので結局、今のままでいいと思います」

「さすがに熟練世代の発想ですね。それでは次の人、発言してください」

「はい」と言って手を挙げたのは、朝から先生のことばに「はい」と言っていた人だ。

「たばこは自宅敷地内と指定された喫煙室のみで吸うことに、法律で決めたらいいと思います。それ以外のところで吸うと、罰金刑にしたらいいと思います」

「そうですね。そんな考え方の人もいますね。特にたばこの煙が嫌いとか、匂いが嫌いとかいう人に多いですね。次に意見のある人はいますか」

黙って手を挙げたのは、西本さんだ。

「私はたばこのポイ捨て問題を深く考えたことがないので、はっきりした考えがないのですが。たばこは嗜好の問題ですので、吸うのも吸わないのもその人の自由だと思います。しかし、道路で吸うのはだめだと思います。もし吸うのなら、携帯用の灰皿を持ち、そこに捨てるべきと思います。私たちはいかに、自分と嗜好の違う人とともに今の社会で生きていくかだと思います。

私の友達でコーヒーの香りが嫌いということで、紅茶を飲んでいる人がいます。でも、世の中ではコーヒー好きも多く、コーヒー専門店が多いです。喫茶店でもコーヒーメーカーの看板を出しているところもあります。それに比べて紅茶の専門店は少ないです。ですから嗜好の問題を法律で決めるのは、行き過ぎだと思います。煙の出ないたばこ、煙から匂いがしないもの、フィルターの部分を食べられるものにしたら、たばこの吸い殻を捨てる人が減ると思います。吸い殻をよく見るとフィルターの部分がけっこう長いです。たばこを吸う人、吸わない人が快適に過ごせる社会を目指すべきだと思います」

「吸い殻問題のまとめになるような発言ですね。吸い殻のことはこのぐらいにして、次は缶類に行きましょうか。まだ発言していない人、発言してください」

「はい」

私はやむなく発言した。私は人の前で発言するのが苦手であった。

「どうぞ」

先生は私の方を向いて言った。

「この大学から流れ橋までの道路には自動販売機がありませんし、コンビニも近くにありません。ですから、家や遠くのコンビニなどで買ったものを持ってくるのだと思います。ジュースなどをこの周辺で飲むのは禁止できませんので、たばこのポイ捨てと同じで、捨てる行為を禁止したらいいと思います。ポイ捨て禁止条例で罰金になっていますので、ここにも監視員の人にパトロールに来てもらったらいいと思います」

「はい」

西本さんが手を挙げた。

「どうぞ」

「監視員にパトロールしてもらうと言いますが、監視員を雇用する費用はポイ捨てをしない人を含めて負担するわけです。今、人ひとりを雇用するのは大変な負担です。私はポイ捨てを禁止する標語を作って道路周辺に看板を立てたらいいと思います。それで、ポイ捨てがすべてなくなるとは思いませんが、何もしないよりいいと考えます」

「なるほど。そのような考え方もありますね。次に意見のある人はいませんか」

しばらく、しーんとしていたが、品川さんがゆっくり手を挙げた。

「人を雇用するのに費用がかかるのなら、上空からドローンで監視したらと思います。また、道路上は犬型ロボットで巡視したらと思いますが、自分で言ったことでなんですが、なんかそんなことをするのは嫌な社会ですね。結局それぞれの人のモラルに依拠するしかないと思うんですよ」

「今の社会を安穏と生きていくのはなかなか難しいですよ。私たちは道路に捨てられたごみを見てしまったのです。もし、見なかったらこんな苦悩はないのですよ。いつも上を向いて歩いていたら安穏と暮らせたのですよ。下を向いて歩くのは大変なことなんです。見ざる聞かざる言わざる、の方が人生安穏と生きられるかもしれませんね。今日の討論はここまでにして、今までの討論で感じたことをレポート用紙にまとめて明日の午後五時までに教務係に提出してください。六日は京阪藤森駅東側改札口を出たところ近くに集合してください」

「はーい」

環境問題と「はーいさん」

私は授業が終わると、あの「はーいさん」といっしょにスクールバスを待った。

「あの、これからどこへ帰るのですか?」

「おかんの住んでる奈良まで」

「そうなんですか」

「おかんは私が小学三年生の時に若い男と駆け落ちして、どこかに行ってしまったのよ」

「そうなんですか」

やがて、スクールバスがやって来た。バスには十五人ほどの学生が乗った。私は「はーいさん」の隣の座席に座った。

「高校二年の時におかんが校門前に待っていたんよ。声をかけられた瞬間に、おかんとわかったわ。でも、無視してやった。手を握って『瑠香ちゃん、お母さんよ、わかる?』なんて言うのよ。きもい。だから言ってやったのよ。『私の母は小学三年生の時に死にました。

あんたなんか知りません』ってね」

「それでお母さんはどうしたのよ」

「わざとらしく、大げさに泣いたよ。同級生も歩いているのに、恥ずかしい」

「かわいそう」

「ぜんぜん、自業自得よ。当然の報いよ」

私のお父さんの逆バージョンみたいな話だ。でも、お父さんが駆け落ちしてから三年後に会った時には、「やあ、舞、元気か」なんて言って、涼しい顔をしていた。私はお父さんに捨てられても元気よと叫びたかったけど、下を向いて黙っていた。スマホのメールアドレスを教えろとしつこく言うので教えてやった。それから、何回もメールが来て、その中に「ごめん」ということばが何回もあったので許してやった。

はーいさんの話は、スクールバスが近鉄大久保駅に着いてからも続いた。私たちは駅のホームの座席に座った。

「それからどうなったんですか」

「きもいから手を振りほどいて家に走って帰ってきたやん。洗面所に行って手に石鹸をつけて思い切り強く洗ったわ。でも、手を洗っていると涙が出てきて止まらなかった。どうしてだろうと思った」

「そうなんですか」

「一日二日と経つうちに、なんかひどいことを言ってしまったと反省してしまった。でも、おかんの住所もアドレスもわからなかったからどうしようもなかった」

「そうですね」

「それから三日ほど経った時に、ぼそっと弟が『昨日、おかんが学校に来たんや。校門前に待っとった』と言いよるねん。それで、なんと言ったんねんと聞くと、『何も言わずに下を向いてたんや。そして思い切りダッシュして帰って来たんや。お姉ちゃん怒ってる？』と言うねん。それでうちはかまへん、ぜんぜん怒ってないで、それが当然や。あいつはうちらのことを捨てて家を出て行ったんや。あんなやつと口きくことないでって言った。弟は寂しそうな顔で『うん』と言ったから『一言ぐらいならしゃべっていいで』と言っておいた。弟は黙ってうなずいた。

それから、一年ほど経った一月に、また校門前に現れたんや。声をかけた。『お母さん、去年はごめんね、せっかく来てくれたのに。反省してるし、ここは人がたくさん通るし、公園に行って話さへん？』と言ったの。そうしたらおかんは私のあとをついてきた。公園に着くとうちはブランコに乗っておかんの話を聞いた。『あんなことをして本当にごめんね。あの男とは今は別れて、奈良で一人で暮らしてるよ。瑠香や知也に謝りたくてこうやって来たの』『ふーん、本当に用事はそれだけ?』って言ってやったの。『実はあの男との間に男の子ができたのよ。今は小学一年生だけど将来はせめて高校ぐらいは行かせたくて、今の仕事では苦しくてね。あんたからお父さんに、よりを戻すように取り持ってくれないかな』って言いよるねん。それでうちは『そんなあほな。うちのおとんがどんなお人よしと思ってか知らへんけど、そんなことよう言わんわ。言いたかったら、あんたが直接言えば』と言ってやった。おかんはしょんぼりして帰っていった。うちは厚かましい女だと思った。

アドレスを交換したので、それから時々、メールが来るようになった。おとんにはしばらくして伝えた。おとんは黙って聞いていた。『うん、うん』言っているだけで、それ以上のことは言わなかった。城陽のスクーリングに来るたびにおかんのところに泊まっているのよ。おとんには言ってあるんよ。出る前に『明美にこれを渡してくれ』と言って封筒を預かるのよ。中は現金だと思うけど。おとんはおかんが出て行ってから、遠足の時の弁当を作ってくれた。まん丸のおにぎりで、なんかみんなに見せるのがいやだったので隠して食べた。あんな女にお金なんか渡すの、本当はいややと思うけど」

「お父さん、偉いのね」

「うーん。なんともよくわからんな」

はーいさんの話が長くなったので、ガラスで囲まれた待合室に移動して話を聞いた。

「ごめんね、しょうもない話を聞かせてしまって。でもうちは気持ちがすっきりしたよ。ありがとう」

「私でよかったら、続きを聞かせてね」

「ありがとう。感謝、感謝よ」

私は京都行きの電車に乗り、はーいさんは奈良行きの電車に乗った。話を聞き続けたのでなんだか疲れた。

私はお祖母ちゃんの家に帰り、夕食を作り、一人で食べた。弟子の亜里寿さんがかぼちゃの煮物をテーブルの上に置いてくれていた。この大きな家で一人食べるのはやっぱり寂しい。

翌日は朝から大学へ行き、図書室のパソコンを使ってレポートを作った。先生は自分のことばで作成してくださいということだったので、文章の作成については文章をコピーしないように気をつけた。テーマは「ごみゼロになる日はいつくるのか」であった。これぞ現代社会における究極の課題である。

先生の話によると、イギリスに留学した時に大学の周りの道路には、ごみがほとんど落ちていなかったそうである。日本人は道徳心が欠如しているのであろうか。日本では小学校から高校まで道徳は必修である。あの科目の成果はないのだろうか。あれは建前の学習だったのか。

小学校時代にいじめについて教えられたことがあった。先生の話が終わって感想を書かされた時に、しょっちゅうクラスメイトをいじめていた人が平気で「いじめは良くないことなので、いじめは止めましょう」と感想文に書いていたっけ。日本人に道路のポイ捨てをどう思いますかと問うと、たぶんほとんどの人が良くないことと答えるだろう。また、あなたは道路にポイ捨てした体験がありますかと問うと、たぶんこれも「ありません」と答える人がほとんどだろう。それでは、なぜごみがこんなにたくさん落ちているのだろう。それは日本人の精神構造に問題があるのではと思う。本音と建前を使い分ける。

道徳の授業は一種の儀式であって、先生の話を信じている人はほとんどいない。学校を出るとまったく別な行動をする。こうなってくると環境問題というより心理学の問題である。人の前ではけっして本音を言わない友人関係をつくっていて、仲良く過ごす。それで世の中が平穏なのだ。私もその一人なのだ。それでいいのか。私にはよくわからない。

そんな文章にまとめた。四時頃にはレポートを作成することができた。はーいさんのところに行って、「いっしょに帰ろうか」と言う。「少し待ってて」という返事。私は女性週刊誌を読んで彼女を待つ。相変わらず俳優夫婦の不倫、別居、離婚について書かれている。女性って男女の関係に関心が強いのだ。私は他人の不倫なんかに関心がない。ペラペラとめくる。五分ほど経って、はーいさんが近づいて来て「帰ろうか」とささやく。

私たちはスクールバスに乗って大久保駅に向かう。はーいさんの昨日の続きが始まる。

「どこまで話したっけ」

「お父さんがお母さんに現金を渡すところまでね」

「あっ、そうそう。それで異父弟っていうのか、弟が『お姉ちゃん、お姉ちゃん』と言ってくっついてくるの。まぁ、悪い気分がしないから、かわいがってるのよ。年末には大阪のUSJに連れて行ってやった。そうしたら、大喜びよ。こっちも感激してしまった。ひょっとしたら、親子でしくんだ芝居かと思うけどね。すぐ下の弟は無口で愛想がないけど、今度できた弟はめっちゃ愛想がいいんや」

「よかったじゃないですか。私も弟が欲しいわ」

「何言ってるの、さっさと男の子どもをつくったらいいのに」

「それはそうですけど、私にはそのあてがぜんぜんないの」

「そうなん。もてそうな感じだけど、残念ね。努力しいや」

「ええ、まぁ」

「なんや、気のない返事やな」

「ええ、まぁ」

「うちは男なんてあてにしない。おかんの二の舞にはなりたくない。強い女になりたいんや。だから中学校に入ってすぐに柔道部に入ったんや。高校では空手部や。今は近くの空手道場に通ってるんや」

「それで、先生の言うことに『はーい、はーい』と言っているんやね」

「そうそう。空手道場では先生の言うことに、『はい』と大きな返事をしなあかんのや。それがなんか癖になってしもたんや」

「それが将来の仕事に生かせたらいいですね」

「そう考えてるねん。大学を卒業したら、警備保障会社とか行ってみたいと思ってるねん」

「今は何か仕事をしてるんですか」

「主としては家事手伝いやけれど。居酒屋とかコンビニとかのバイトをやってるんや。ところで自分はコーヒー農園で何してるんや」

「夏の間は農園の草刈りで、今はサトウキビの刈り取り作業よ」

「どうりで色が黒いんや。うちは家の中にいるから美白やろ」

「そう。白いですね」

「昼間は家の近くのスポーツジムに行って、筋トレをやってるんや」

「偉いですね。私は高校を卒業してから、まったくしてないわ」

「でも、草刈りしてるからだいじょうぶや」

「そうかな」

「そうや。うち、あんたのこと気に入った。友達になろうや」

「はい」

「今度、城陽校舎のスクーリングに来るのはいつや」

「まだ、はっきりしないけど。八月ぐらいだと思うけど」

「そうか。連絡取り合って、同じ単位を取ろうな」

「うん」

「よしゃ、今日から舞はうちの友達や」

「はい」

「年はうちの方が一つ上かな」

「たぶん」

「また、連絡する。バイ」

「失礼します」


この日もお祖母ちゃんの家に帰り、一人で夕食を食べた。弟子の亜里寿さんがおかずを一品テーブルの上に置いてくれていた。タコの酢のものだった。私を気にしていてくれることが嬉しかった。でも、宮古島の社員寮でいつもにぎやかに夕食を食べている私にとっては、わびしいものだった。早く帰りたいという気持ちになった。

翌日は京阪藤森駅改札口近くに集合した。集まった学生は六名だった。この日の授業は疎水の観察が目的だった。私たちは先生のあとについて疎水に沿った道を歩いた。ここの水は濁っている。鴨川のきれいな水を見慣れている私にとって、その光景は不思議に感じられた。疎水のすぐそばにまで家が建っている。五月から十月に十石船が運航しているという、観光スポットでもある。桜の木が両サイドにあって春にはきれいだろうなと思う地点があった。

三キロほど歩いて疎水が行き止まりになっていた。そこで下の道路に降りていくと国道二十四号線があり、そこを渡っていくとまた、疎水が見えた。ここは流れが速かった。疎水は国道二十四号線を越えるために地下を抜けているのだろう。住宅街に沿ってさらに歩いていった。しばらく歩いていくと中書島に着いた。寺田屋などがあるところだ。

京阪中書島駅に行き、一駅だけ電車に乗り、近鉄に乗り換え、大久保駅にやって来た。そこから大学のスクールバスに乗り、校舎に着いた。

食堂へ六人で行き、予約していた弁当を食べた。はーいさんは家から持ってきた弁当を食べた。

昼からの授業では先生が疎水の四季の様子を動画で見せてくれた。春は桜や菜の花に囲まれて、観光客が歩いていた。また、十石船が静かに運行されていた。住宅が接近しているために大きな声で話すことが禁止されているとのことである。夏はひまわりが咲き、秋はコスモスに囲まれている。冬はさざんかの花が悲しげに咲いていた。疏水に沿った道はごみがほとんど落ちていなかった。これは疏水近くに住む人たちがボランティアでごみ拾いをしているとのことであった。冬に上流で水を止め、疏水の掃除が行われるそうである。そこに自転車や三輪車が捨てられている様子が映っていた。ペットボトルや空き缶もある。疏水の中にブルドーザーが入り、溜まった泥がすくわれ撤去される。きれいになった疏水に水が流され、いつもの風景になっていく。

これで動画が終わっていた。

「午前にみなさんが見た疏水の風景。それに今見た疏水の風景を見てどのように感じましたか。積極的に意見を発表してください」

「はい」品川さんが手を挙げた。年配の品川さんの張り切った様子に思わずだれかがクスッと笑った。

「どうぞ」

「疏水に自転車や三輪車が捨てられている場面を見てショックでした。日本人の道徳観がどうなっているのか。私の人生の終わりが近づいていると思うのですが、残念です。こんな日本をそのままにして死にきれない思いです」

「はい」

はーいさんが続いて手を挙げた。

「どうぞ」

「私はオートバイに乗って走るのが趣味で、七五〇ｃｃのを持っています。住んでいるところがマンションの六階です。ある日、窓から下を見ると、私のオートバイを担いでいる人がいるのを見ました。私は階段を駆け下りて、その人たちを追いかけました。彼らはオートバイを下に置いて逃げました。私は一番後ろにいた人を捕まえて近くの交番に連れて行きました。その人は近くに住む中学生だとわかりました。やがて、いっしょにいた人たちも捕まりました。私のオートバイを川に捨てようとしていたらしいです。あの重い七五〇のオートバイですよ。ご苦労さんなことです。持ち主の困った顔を想像するのが楽しかったらしいです。ですから、あの自転車も持ち主本人が捨てたわけではなく、だれかがいたずらで自転車を投げ入れた可能性もあります。そのような行動もモラルに欠ける行動だと思います」

「そんな人がいるんですか。初耳です。次に発言する人はいませんか」

「はい。品川さん」

「先日の流れ橋までのごみ拾いでも感じたのですが、ごみ問題、環境問題は人間の心の問題のように感じます。結局、公共心のない国民がいる限り、清掃活動をしなければいけないですし、大都市の繁華街ではたばこを禁止しているところが増えています。それを取り締まるためには監視員とかの人件費がかかります。その費用は国民が負担するんです。公共心のない人のために公的秩序を守りたい人々の負担が増えますし、路上でたばこを吸っている人も平等に費用を負担します。私にはよくわかりませんが、世界の国々はどうなんでしょうか」

私は前の日から思っていたことを質問してくれたと思った。

「確かにそうですね。国によって違いはありますね。私が二十代に留学したイギリスの大学周辺ではごみが大変少なかったです。それに歩きながらたばこを吸っている人を目撃したことはなかったです。ただ、アイスクリームを歩きながら食べている人は見かけたことがあります。みなさんの中で海外に行った体験ではどうですか」

「はい」私は手を挙げた。

「はい」

「私は修学旅行でロシア・サハリンに行きましたが、道路でたばこを吸っていた人は見かけませんでした。確かにアイスクリームを道路で歩きながら食べている人がいました。ベトナムに行った時も道路でたばこを歩きながら吸っている人は見かけませんでした。でも、道路にテーブルや椅子を置いてお茶を売っている人たちがいました。それに歩道の木にハンモックをかけて昼寝をしている人がいました。あんなことをしていいのかなと思いました」

私はロシアとベトナムに行った体験を話した。

「はい」

品川さんが、また手を挙げた。

「どうぞ」

「私もイギリス、フランス、イタリアなどに行きましたが、歩きたばこは見なかったです。日本人はせっかちなのか、何かしながらたばこを吸うのが好きなようですな。私は高校時代に授業中に先生の話を聞きながら弁当を食べていました。あれってスリルがあって面白いのです。それから、物理の時間に先生が新米だったので、イヤホンでラジオを聞いていました。話がそれてすみません」

「いろいろ意見をありがとう。この話の続きはレポートに書いてください。テーマは疎水の環境問題について一考察です。提出期限は明日の午後五時です。今日はこれで終わります」

はーいさんが近づいてきて、「いっしょに帰ろうか」とささやいた。私は「うん」と答えて帰る支度をした。私たちはこの日も大久保駅ホームで語り合った。私もお父さんの不倫、離婚、お母さんの再婚、妹が生まれたこと、羽幌の高校に行った理由、母の死などを話した。

「そんな平和そうな顔をして苦労してるんやな」

「まぁ、そうかな。この頃悩んでることが一つあるの。聞いてくれる?」

「うん」

「この頃、母の結婚相手、つまり義父を好きになっている自分がいるの。初めはなじめなくて嫌いだったけど、だんだんその人の良さがわかってきて、彼が好きになっている自分がいるのよ。これって変かな」

「うちにはようわからんな。うちがおかんと駆け落ちした男とどこかで会ったら、言ってやりたい。うちの青春を返せと叫びたい。おかんが駆け落ちしたから、小学三年生の時から今もずっと家では母親役よ。それまで習っていたピアノも水泳もやめて、学校を帰ると晩ご飯作りよ。それに掃除、洗濯よ。おとんは朝ご飯を作ってくれたから、ゆっくり眠れるので助かった。うちは相手の男を恨んだ。もし会ったら思い切り顔をひっぱたいてやりたい、蹴りを入れてやりたい。だから、そんな男をうちは絶対好きになることなんてありえない」

「苦労したんですね」

「まぁな。あんなおかんなんかに泣き顔を見せられないと思ってるんや」

「強いんですね」

「かっこだけはな。舞も強いぞ。でも母親の男を好きになったんか」

「はっきりわからないの。どうなんだろう」

「結局、そういうことやん。やめておけ。日本には男が何千万人といるんや。ちっちゃい子と高齢者を省いても一千万人は対象者はいるんや。その中から選べ、その方が舞は幸せになる。きっと……。でも、ようわからん。舞が本当にその男が好きだったらそれでもいいかもしれん」

「でも、恋愛関係の好きじゃなくて、一人の人間として好き、信頼が持てるという意味だけど……よく考えるわ」

「それじゃあ、バイ。また明日な。明日は晩ご飯いっしょに食べような」
「はい。バイバイ」
私は近鉄と京阪と乗り継いで、お祖母ちゃんの家に帰った。やっぱり一人で夕食を食べるのは寂しい。だれか友達はいなかったかな。そうだ、中学校と高校の一年後輩の香美にメールしてみよう。

――

香美、元気か。今日はどこにいるん。進路はどうすんの。決まった？　返事ちょうだい。

――

私はメールを待つ間、緑茶を入れて飲んだ。やっぱり三歩堂の味だ。ルゥールゥーとスマホの音が鳴った。

――

舞先輩、お久しぶりです。うちは元気にしてます。今は羽幌にいます。寒いです。早く京都に帰りたいです。進路はマクドの大学です。文学部で日本地理を勉強したいです。仕事は先斗町の料理屋で働きます。舞先輩に会いたいです。今日はどこにいますか。

――

今日は京都よ。大学の授業（スクーリング）を受けてるの。香美は勉強したい目的を早く決めて偉いな。私は高校在学中に進路を決められなかった。だから、大学は六月入学よ。今は地球環境科学部の勉強、面白いよ。このまま単位を取っていけば卒業できそう。夏にまた京都に来るから会えたらいいね。

楽しみにしてるよ。

―――

夏には料理屋の仕事もだいぶ慣れていると思うから、私の勤める店に食べに来てください。それまでお元気にお過ごしください。

―――

ありがとう。きっと会おうね。じゃ、バイ。

―――

残念。香美が羽幌では会うことができない。ひとみは出産前だというし。明日、はーいさんと食事する約束になっているから、まぁいいか。今晩は一人で食べよう。亜里寿さんが作ってくれた焼きそばと、途中のコンビニで買ってきたクリームパンと冷蔵庫の中にあったトマトを食べた。今度来た時は高木さんを誘おう。はーいさんに話したことは心の中の隅にあることなので、そんなに真剣に考えていない。もし高木さんと真剣に付き合ったりしたら、お祖母ちゃんは大反対するだろうな。

翌日は城陽校舎に行ってレポートを作成した。昼過ぎになってはーいさんがやって来た。家でレポートをかなりまとめてきたようだった。私は三時頃には作成し終わって提出することができた。はーいさんは私より早くできていたので、二人でスクールバスに乗って大久保に出た。車中ではーいさんが「ねえ、晩ご飯にはまだ早いから伊豆淡デパートへ行かない？」と言った。

私は「ええ、いいわ」と答えた。

バスは大久保駅に着いた。ホームに上がり、電車を待った。もう、しばらくこの駅に来ることはない。

「うちは三月のスクーリングに来るよ」

「そうなの」

「うちは四年で卒業するのよ」

「頑張ってください」

「うん。今回のスクーリングでも初めの日は八人だったけど、三日目は六人よ。いつもあんなんよ。一般教養のスクーリングなんか、もっとひどいよ。初めの日が百人を超えているのに、最後の日は十数名よ。レポートの提出で単位が取れるんだから、それでいいと言えばそれでいいんやけど。先生の話を聞くことに価値があるとうちは思っているんやけど。舞はどう思う?」

「あなたの言う通りよ」

「そうか。ありがとう」

電車がやって来たので、私たちは乗った。車中はけっこう混んでいて、丹波橋まで立っていた。やっと座れて私たちは話を続けた。

「これからの地球環境はどうなっていくのでしょうね」

「そりゃあ悪くなっていくに決まっているやん」

「それでは私たちが大学で学んでいることは無駄ということかな」

「はっきり言ってそうやな。やがて人類は地球を捨てることになるやろうな」

「どこへ行くんですか」

「例えば、月とか火星かな。それにまだ発見されてない星とかに行くやろな。コロンブスがアメリカ大陸を発見してイギリス、フランスの人たちはそれまでの故郷を捨てて新大陸に移住した。あれと同じよ」

「そんな時代っていつ来るの」

「それはうちには、はっきりわからん。うちらの生きているうちはだいじょうぶと思うけど。孫かひ孫か、その先かな」

「そんな時代が来たら寂しい」

「寂しいで問題は解決しないよ。現実に目を向けや」

「そうかな」

「そうに決まってるんや」

「それじゃ私たちはどうしたらいいの」

「今まで通り普通に暮らしたらいいんや」

「ええ、それでいいの。エコ生活に取り組まなくちゃ」

「ははぁ。そんなことをしても地球環境は変わらんや」

「そうなんですか」

「うちは変わらんと思う。この地球環境の悪化はだれにも止められん」

「そうなんですか。あなたっていつもそんなこと考えてるんですか」

「そんなわけではないけど。たまには考えることがあるな」

「そうなんですか。私なんか今日の夜には何を食べようとか。いつも考えてるわ」

「舞は頭の中が平和でいいな。あんたは幸せや」

「頭の中が平和ですか」

「平和、平和、はっはっは」

「なんとなく馬鹿にされたみたいな」

「そんなことないな。日本人の平均値だよ、舞は」

「そうなんですか」

「それでいいんだよ」

　ここで電車は京都駅に着いた。

「ここが伊豆淡の入り口よ」

「そうなんですか」

　デパートの中に入るのは久しぶりかな。そうだ、お父さんとハノイのデパートに行ったっけ。あれは去年の三月のことだったかな。

「まずは八階の美術館から。今日は田中一村展。彼のこと、知ってる?」

「さぁ。私は絵画のことにちょっと興味がないので」

「一村の絵を見たら、きっと好きになるよ」

「そうですか。あの、この前に話した義父も元画家なんです」

「そうなん。画家の心理を理解できるかもよ」

「そうかな」

私たちは入り口で入場券を買って中に入った。美術館の中に入るのは高校生の時以来のような気がする。あれは北海道の釧路だったかな。

美術館の中はけっこう人が入っていて、静かに一村の絵に見入っている。なんだか孤独な感じの画風だ。はーいさんも絵に見入っていた。うっとりしたような瞳の輝きだ。この人の絵が好きなんだな。私はいつものくせで、どの絵にも見入ることなく、さっさと絵を鑑賞した。会場中央近くにあるソファに座り、人々を眺めていた。見ている人は五十代以上の人が多かった。しばらくするとはーいさんが近づいてきて、「出ようか」と言った。

私は黙ってうなずいた。

「服を見て行こうか」

「うん」

二階の婦人服売り場までエスカレーターで降りる。ここは華やかだ。ファッションショーの会場に来たようだ。

「うちら、こんなの着ても似合うかな」

「だいじょうぶよ。あなたは背が高いから似合うよ」

「そうかな」

「そうよ。買うんですか」

「いや、見るだけ。舞はお義父さんに買ってもらったら」

「ええ、あの人買ってくれるかな。今まで買ってもらったことないよ」

「ちょっと甘い声を出して、『お義父さん、この服買って』って」

「そうかな。私は甘い声を出すなんてできないわ」

「演技、演技。女優になったつもりで言うてみればいいのよ」

「そんなん、できっこない」

「人生何事も修行、挑戦」

「はぁ。夏に来た時にやってみようかな」

「そうそう、挑戦。九階に行こう。レストラン街があるんや」

「うん」

私たちはエスカレーターで九階に上がった。レストラン街は九階の東側にあった。いろいろなレストランがあり、どれにしようか迷う。

「うーん……。そうだ、ここにしよう」

「スパゲティの店かい」

「うん」

「よし。入ろう」

この店は全国チェーンのスパゲティ店で、以前に千歳空港で食べたことがある。私たちはレストランの中に入った。時間が早いので中は空いていた。

「いらっしゃいませ。お好きなところにお座りください」

ウエイトレスロボットが言った。私たちは奥の廊下側のテーブルに座った。

「決まりましたら、ボタンを押してお知らせください」

私たちはメニューを見た。ナポリタン、カルボナーラ、ペスカトーレ、どれもおいしそうだ。

「舞はどれにする」

「うーん。どれにしようかな。……カルボナーラにしよう」

「それなら、うちはナポリタンにしよう。シェアして食べよう」

「うん」

私たちはメニューボタンを押した。はーいさんは生ビールのボタンを押していた。

「舞は宮古島に帰って農園の仕事やね。それってきついん」

「そうでもないよ。確かに夏は暑くてきついけど、今はそんなにきつくはないよ。あなたも一度来て働いてみたら」

「うちは自然を相手にする仕事は苦手だな。人間を相手にする仕事が好きや」

「私はどちらかと言えば、自然を相手にする仕事の方が好きかな」

「人には得意の分野がそれぞれあるんや」

「そうかな」

ロボットウエイトレスが料理を運んできた。

スパゲティをテーブルに載せると「ごゆっくり」と言って厨房の方へ移動していった。

「食べよう」

「うん。いただきます」

久しぶりの二人での食事に私の心は弾んだ。宮古島へ戻るのが待ち遠しい。

「そやそや。さっきの一村の絵はどうやった？」

「そうねぇ。割と好きになりそうな絵だったよ」

「そうやろ。うちは奄美大島にある。一村美術館にも行ったんよ。高校を卒業する前の卒業旅行でね」

「そう。好きなんですね。どんなところがいいんですか」

「孤独に生きたところかな。一村は東京の美術学校中退よ。授業料が払えなくなったんや。それでふすま職人になって働いたん。休みを取って日本中をスケッチ旅行していたん」

「うちのお義父さんも同じよ」

「そうやろ。画家って同じようなことをするんや。一村は奄美大島の風景が気に入って、大島紬の職人になったんや。そしてたくさんの絵を描いたんよ。でも、貧しかったんや。一村の生きていた時はあまり評価されなかったんよ。彼の絵が評価されたのは、彼の死後のことや。今のりっぱな美術館を見たら嬉しかったと思うな」

「そうでしょうね」

「それから一村は一度も結婚しなかったんよ。好きな女性の一人や二人はいたと思うけどね」

「そうでしょうね」

「うちは結婚するで。おかんみたいな失敗はしないで」

「そうね」

「舞もや。そんなおじんのことなんか考えてないで、もっと若いやつで探せば」

「そうね。その方がノーマルかもね」

「ノーマルかアブノーマルかの問題じゃない。生き方の問題よ。舞は過去を引きずって生きようとしている」

「そうかな」

「前を向いて生きたら。そんなおじんと結婚すると、舞は若くして未亡人やんか。それからどうすんの」

「結婚なんて考えたことはまだないわ」

「でも、つきつめていけばそうやんか」

「うーん。どうなのかな。私が義父といっしょに暮らせば、東京に預けられている妹もいっしょに暮らせることになるし」

「でも、三人で暮らせなくても妹は幸せかもしれんよ。東京で生きた方が幸せかもしれへん。よけいなことを考えない方がいいよ。宮古島の農園にはいい男いいへんの」

「いると思うけど。付き合いたいと思うような人はいないな」

「まぁ、そのうちに出てくるよ」

「そうなればいいけど。次に京都に帰って来た時に義父とも相談してみるわ」

「そうしい。うちと同じことを言うと思うけど。うちは久しぶりの大津の家に帰り、明日からコンビニでバイトよ。舞はコーヒー農園で働くんやろ」

「そうよ。管理室から作業ロボットの五台を監視する仕事よ。今はサトウキビの刈り取り作業なの」

「そうか、頑張れよ。時々、メールしてな」

「うん、わかった。唯一のメル友が出産前だから、ちょっと控えてるので、新しいメル友ができて嬉しいわ」

「そうか。そろそろ帰ろうか」

私は京都の最後の夜に、楽しいひと時を持つことができた。

私のやりたいことって？

次の日の朝、七時に起きて関空に向かった。特急はるかの中は帰省客のためか、ほぼ満席であった。関空の中もけっこう混みあっている。宮古島行きの直行便は完全に満席であった。隣の座席の人は私より二、三歳上といった感じの男性であった。私と同じく宮古島で働いているのであろうか。着陸の少し前に、沖縄のライトブルーの海が鮮やかに見えた。頭のスイッチを切り替えて働こう。

コーヒー農園の寮に着くと、みんなが歓迎してくれた。

リーさんが強くハグをしてくれた。

「舞、お帰り。もう会えないかと思ってた」

リーさんが涙ぐみながら言った。

「正月に帰ると言って、そのまま帰ってこない人がいるのよ」

中山さんはニコニコしながら説明してくれた。

「私はだいじょうぶよ、私は」

「帰ってこない人のほとんど人は、そう言うのよ」

モドリさんは悲しげに呟いた。

「もちろん、辞めますと言って帰っていく人がけっこういるけど」

リーさんが私の目を見て言った。

「まあ、いいよ。そんなこと。舞が帰って来たんだから」

だれかが後ろから言う。

「そうだそうだ。今日は舞が帰って来たんだから乾杯しよう」

その日の夜はビール、泡盛、パイナップルジュースで乾杯し、語り合った。こうして私の宮古島の生活がまた始まった。


次の日は朝七時過ぎに起きた。夜が明けるのが遅い宮古島では、七時三十分を過ぎるとやっと明るくなってくる。朝食は七時三十分からで、仕事の開始は八時三十分からとなる。私は一人で作業場のサトウキビ畑に向かう。昨年の十一月に運転免許を取った。免許を取るのはいたって簡単になった。自動運転装置が故障した場合に路肩に車を止めることができる技能と、緊急連絡先に連絡することと、交通法規の概略だけであった。

私は軽トラックを運転してサトウキビ畑に着き、農作業事務所に入り、自動サトウキビ刈り取り機の操作を開始した。私と今日の作業のコンビを組むのはリーさんだ。彼女は中型トラックを運転してきて、私が操作しているサトウキビ刈り取り機で刈り取ったサトウキビを、彼女の運転してきたトラックの荷台に積み上げる。荷台がいっぱいになると、彼女はそれを島の製糖工場まで運んでいく。昨年は宮古島を直撃する台風がなかったので、サトウキビを順調に刈り取ることができた。

昼は寮から持ってきた弁当をリーさんと二人で食べた。京都の大学で、友達といっしょに食べたことが懐かしく感じられた。昼からの作業も自動サトウキビ刈り取り機の監視をモニターテレビで続けた。作業はトラブルの発生もなく無事終了した。私は軽トラックを運転して事務所に帰った。浦添さんに作業終了の報告をした。

私はシャワーを浴び、部屋に戻ってベッドに上がり、仰向けに寝た。やっぱり疲れるわ。ぼんやりと天井を見つめる。今の生活が私の本当のやりたいことだったのだろうか。もともと私にはやりたいことなどあったのだろうか。ないなぁ。思いつかない。私のやりたいこと。
ここで働いている限り同世代の人が多いし、仕事が終わったあとのこの寮の暮らしは楽しい。でも、この仕事を何年間も続けていくのだろうか。ひとみの言うようにお嬢ちゃんの遊びなのだろうか。私にはよくわからない。高木さんに相談してみようか。
私は夕食後に高木さんにメールを送ってみた。

お父さん、お久しぶりです。先日はごちそうさまでした。をどりはすっかり大きくなっていて、岡崎の家で見た彼女とはすっかり変わっていました。お父さんは仕事が忙しいですか。今度会う時は、人生相談にのってもらえますか。三月下旬に大学のスクーリングで京都に行きます。その時に会っていただけませんか。連絡を待ちます。

私は高木さんからの返信を待った。その間に通信教育のレポートを作成した。一般教養の英語だ。私は日本語でもなんかとか話して書いているというのに、英語となるともっと苦手だ。課題は英文を和訳する内容だが、自動翻訳機を使ってはいけないということになっているので、英和辞典を引きながら和訳文を作成した。四苦八苦しながらようやく十一

時に完了して、ワードファイルで送信した。高木さんからメールはまだ届いていなかった。
私は諦めて床に就いた。

翌日、目を覚ますとメールが届いていた。

舞ちゃん、返信が遅くなってごめん。仕事が忙しくてメールを見るのが遅くなってしまった。舞ちゃんはそちらで元気に暮らしているようですね。三月の下旬に会うことですが、僕は人事異動で東京赴任を希望していて、三月の下旬にたぶん東京のどこかに赴任することになっているんだ。だから、舞ちゃんと京都で会うことは微妙になると思う。そのあたりは三月に入ってから日程を調整しよう。僕が舞ちゃんの人生相談にのれるなんて嬉しいよ。お母さんが生きていたら、きっと喜んでくれたと思うよ。僕は東京に帰ってをどりといっしょに暮らしたいと思っています。つまり私の母が住んでいるところに行きたいと思っているんです。

舞ちゃんと会える日を楽しみにしてる。それでは、元気に暮らしてください。

高木さんが私の家にやって来たころは、とても疎ましく思っていた。彼が苦手だった。それが今は高木さんが東京に行くことを知り、寂しく感じるなんて不思議なことだ。人間の気持ちなんて変わっていくものだと感じた。

私はこの日もサトウキビの刈り取りで、リーさんといっしょに出かけた。しばらくはこの作業に追われた。

三月になり、私は高木さんにメールを送った。

お父さん、お元気ですか。私は元気にコーヒー農園で働いています。毎日、農園で働いているのですっかり顔が焼けて黒くなっています。さて、お父さんの転勤はどうなりましたか？　私は三月二十一日から四日間、スクーリングを受けるために京都に帰ります。その前後にお父さんに会いたいと思いますが、返事を待ちます。

このメールの返信があったのは、やっぱり翌日になってからだった。

――舞ちゃん、いつも返事が遅くなってごめん。僕の移動の内示は三月二十日になる予定で、もし東京に移動となれば、二十六日から二十八日の間に赴任しなければならないので、舞ちゃんが京都に来る時は、僕はまだ京都にいるので会えると思うよ。会う日はもう少し経ってから調整しよう。

――わかりました。三月の十五日頃にもう一度メールします。

――了解しました。日に焼けて元気な舞ちゃんに会うのを楽しみしています。

――三月に入り、コーヒー農園で草刈りをしていた。それから、グアバの苗木を植える作業をしていた。グアバは小さな緑色の実をつける。ジュースにするとおいしい。宮古島のライトブルーの海を作業の行き帰りに見るのが楽しい。京都にいては見ることができない風景である。

舞ちゃん、元気ですか。三月二十二日の午後七時頃だったらだいじょうぶだと思うので会いませんか？　返事を待ちます。

このメールを見たのは十五日の昼の休憩の時だった。高木さんから先にメールがきたのが嬉しかった。私はすぐに返信した。

お父さん、メールありがとう。その日でだいじょうぶです。会う場所はどこにしますか。

私がメールすると十分ほどで返事がきた。

会う場所は京都駅の中央改札前はどうですか。

わかりました。二十二日の午後七時に会いましょう。

私は農園の仕事を休み、宮古島空港から関西空港に向かった。宮古島空港も関西空港もとても混みあっていた。関西空港は外国人の観光客たちが大勢いた。私は特急はるかで京都に向かった。はるかの中も外国人観光客が多くいて、外国語が飛び交っていた。私は外国語が苦手だ。大学で必修の英語、それに第二外国語として選択したフランス語はともに苦手だ。自動翻訳機が普及してきているのに、なんで外国語を学ばなければいけないのか、私にはよくわからない。今度の大学のスクーリングは体育実技、英会話、フランス語会話だ。

京都ではお祖母ちゃんの家に泊まりながら城陽のキャンパスに通った。お祖母ちゃんの家では相変わらず弟子の亜里寿さんが食事の準備をしてくれる。嬉しい半面、いつも見られているような感じがする。私の家での行動は逐次、お祖母ちゃんに報告されていることだろう。

スクーリングの体育は、なかなか疲れる。高校を卒業してからはスポーツをしたことがない。そんな中で陸上競技百メートルと走り幅跳びが行われる。後半は体育館でフォークダンスとソーシャルダンスが行われた。ここで私は初めて異性の手を握った。ひょっとしたら保育園とかで男の子の手を握ったかもしれないが、小学生以降はそんな経験がなかった。

　中学生の頃にひとみと手をつないだような記憶がある。それから他人とは手をつなぐ体験がない。でも、ダンスで異性と手をつないでもなんとも感じない。手の温かさって男女の違いがあるのだろうか。よくわからないけど、私にとってはどちらでもいいことだった。次の英会話とフランス語会話も苦戦した。日本語でもみんなの前で話すのが苦手なのに、まったく疲れる。

　私はスクーリングが終わるといつものように、近鉄大久保駅から京都駅に向かった。京都駅に着いた時に、高木さんとの約束までまだかなり時間があったので、京都タワーに登ってみた。展望台に行ってみると、外国人が三人と修学旅行の中学生が六人いた。ぐるっと一回りしてみると懐かしい京都の風景がそこにあった。

　私が生まれ育った町なのだ。お母さんといっしょに暮らしたところだ。なんだか涙がこぼれた。

　私はエレベーターで一階まで降りた。一階はお土産店があったので観光客たちがいた。私は高木さんとの約束の場所に向かった。ここは観光客に通勤客が加わり、人の流れができている。人々は急ぎ足で私の前を通過していく。十分ほど待つと高木さんがやって来た。

「舞ちゃん、待ったかな」

「私も今、来たところです」

「それはよかった。学校を出ようとした時にちょっとしたトラブルがあってね。それの対応をしてたもんで遅くなってしまったんだよ」

「それは大変でしたね」

「二階に行こうか」

「はい」

私たちは二階のレストラン街に向かった。

「舞ちゃんは何が食べたい」

「やっぱり京都らしいものが食べたいな」

「それじゃ、ここにしよう」

高木さんが指差したのは京料理の店だ。

「はい」

私は高木さんについて店の中に入った。

店の中は満席に近かったが、わずかながら空いている席があった。私たちは店員ロボットに促されて席についた。

「舞ちゃんは何にする」

私はメニューを見た。ここは京会席料理だけで一番安いのが八千円で、一万円、一万二千円の三つだけである。

「私はこの嵐山にする」

「遠慮しなくてもいいよ。もっと高いのでもいいよ」

「いえ。私は嵐山でいいです」

この嵐山というコースが八千円なのだ。

「そうかい」

高木さんは店員ロボットを呼んで嵐山を注文した。それに自分にはビールを、私にはマンゴージュースを頼んだ。

「舞ちゃんは確かに日に焼けているね。宮古島で農作業をしている様子がわかるよ」

「そうでしょう。今日、スクーリングを受けていて周りの人の顔を見て、そんな感じがしました」

「でも、健康で何よりだよ」

「はい」

「あのう」

「何？」

「あのう、私が中学生の時に、お父さんに反抗的な態度を取っていてごめんなさい」

私は深く頭を下げた。

「ああ、いいんだよ。突然、変なおっさんが居候したので舞ちゃんも戸惑ったのだろう」

「そうなんですけど、私もどんな態度を取ったらいいのか戸惑ったのも確かです。多津彦のお父さんの思い出もあったし、私どんな態度を取ったらいいのかわからなかったです」

「そうだろうね。僕も愛海のところに転がりこんで、小学校高学年の女の子がいたので戸惑ったよ。前のやつとの間に男の子が一人いたけど、別れた時はまだ三つだったからな」

「高木さんって再婚だったのですか」

「そうだよ。今まで言ってなかったけど」

ビールとマンゴージュースがやって来た。

「それじゃ、乾杯しよう」

「はい」

「それぞれの未来に乾杯」

「乾杯」

中学生の頃には想像もできなかった光景だ。お母さんが生きていたら喜んでくれると思う。

「それで、お父さんに相談なんですけど」

「どんなこと？」

「私の将来のことなんですけど、これからどう生きていったらいいのかわからないんです。今のコーヒー農園の仕事はそれなりにやりがいがあるんですけど、このまま十年も二十年もやり続けたいとは思わないし、さて次に何をやっていいかわからないんです。高校は羽幌に行って、卒業してからはベトナムに行って、ツバルに行って城陽の大学に行って、仕事で宮古島に行って、なんか人生行き当たりばったり、ダーツの旅のようになってしまって、この先はどう生きたらいいのかわからないんです。お父さんはこんな私をどう思っていますか」

「羽幌に行くと聞いた時は、すごく行動力のある女の子だと思ったよ」

「そうですか」

「京都から羽幌に行くのは毎年一人いるかいないかというところだね」

「私は羽幌に行って、とても勉強になりました。高校の勉強の中身だけでなく。女子寮に入って、全国のいろいろなところから来ている人がいて、その人たちからたくさんのことを学びました」

「そうだろうね。学校というところは教科学習で学ぶことも多いのだろうけど、それだけではなく部活や学生寮の人から学ぶことも多いと思うよ。それがマクドナルドの良さだよ。舞ちゃんもいい学校で学ぶことができてよかったよ」

「はい。ソフトボール部の堀江先生にも感謝していますし、友人たちにも感謝の気持ちでいっぱいです」

「それはよかったね」

「はい。私は小学校で不登校になってしまいましたが、それで終わりたくなかったんです。マクドナルドに進学してよかったです。あの学校を探してくれたお母さんに感謝です」

「そうだね」

「どうしてマクドナルドを探したか聞いたことはありませんでしたが、お母さんがあの学校を探してくれたことで、私の幸運が始まったような気がします」

「そうだね。そんなことを聞いたら愛海が喜ぶよ」

「そうかもしれませんね。お母さんに感謝です」

「話をもとに戻すけど、舞ちゃんみたいな人、けっこう生徒の中で多いんだよ。自分が何をしたらいいのかわからないという人は、けっこういるよ」

「そうですか。お父さんはそういう人をどう思っていますか」

「人生、先んずれば人を制すると言うが、現実にはそんな人は少ないね。みんな人生を迷っている人が多いです。東大法学部を出ても犯罪に手を染めてマスコミにさらされる。僕なんか出た大学の卒業生はマスコミに出てくる人物はいないね。もともと国家公務員になるような人間はいないです。だから、どんな大学を出たから幸せになるなんてわからない。

僕の友人で中学校時代に通知表では二が多かった人がいたけど、彼は三十一歳でＩＴ関係の会社の社長になったんだよ。でも、三十九歳の時に元妻に刺されて死んだんだよ。彼は三十七歳までに三回結婚したんだよ。人生急ぎすぎたんだよ。だから、恨みをかったんだよ。だから、平凡であることが幸せかもしれないよ」

「そうなんですかね。でも、今の時代に平凡に生きるって、けっこう難しいかもしれないと思います」

「僕もそう思うよ。人生を平凡に生きるのって、けっこう難しいね。人生山あり谷ありだよね。愛海と暮らしたあの頃は、僕にとって人生の幸せの山だったんだよ」

「そうなんですか。私の幸せの山っていつ来るんでしょうね」

「それって、わからないと思う。舞ちゃんの人生は長いのだから、先にきっと幸せの山があると思うよ。これからが楽しみだよ」

「そうなんでしょうか。私にも幸せの山なんて来るのでしょうか」

「来るよ、きっと。その前に人生の谷を体験することもあるかもしれないね。でも、それは山を体験するためのステップかもしれないね。人が生まれてからずっと幸せの山に暮らせたらいいかもしれないけれど、谷があるからこそ山を体験した時の喜びがあると思うよ。人生いろんなことを体験することが大切だと僕は思うよ」

「今のコーヒー農園で働いていたら、いつか人生の幸運がやってくるかもしれないのですね」

「そう思うね。やがていいことがあるよ。それを楽しみに働いていたらいいと思うよ」

「わかりました。今の仕事を頑張って続けます」

「そうしたらいいよ」

「お父さんと話して、なんかすっきりしました。ありがとうございました」

「そう思ってもらえたら嬉しいよ」

ここの京会席は値段が高いだけあって、おいしかった。

「あの、お父さんは再婚しないのですか」

「うん。まぁ、今のところ考えていないよ。僕の心の中では愛海の存在が大きいからね。それに、をどりを育てなければならないという責任が大きいからね」

「そうですか。をどりは元気にしていますか」

「元気にしているみたいだよ」

「そうですか。会いたいです。でも、私のことなんか忘れているかもしれませんね」

「今は確かにそうかもしれないけれども、中学生、高校生の頃になったら、をどりの中で存在感が大きくなってくるよ。きっと」

「そうでしょうか。そうなったら嬉しいのですが」

「そうだね。舞ちゃんは付き合っている人とかいるの？」

「そういう人ってまったくいないです。同じ年齢ぐらいの男性にあまり興味がないんです。こんなの変ですか」

「いや、ちっとも変じゃないよ。人の生き方、異性への思いなんて、人によってさまざまだよ」

「そうですか。良かった、私なんか変人かと思っていました」

「ちっとも変人じゃないよ」

「ありがとうございます」

「それじゃ。今日はこれぐらいにしておこうか」

「はい」

高木さんと別れ、私はお祖母ちゃんの家に帰った。


翌日はお祖母ちゃんの入っている老人介護施設に行った。お祖母ちゃんはもう歩けなくなって車いすで移動していたが、気持ちはとても元気だった。今は踊ることができなくなってしまったがオンラインで弟子たちの指導をしていた。お母さんも踊りが好きだったが、お祖母ちゃんも踊りが好きだ。私にはあんな執念というか情熱がない。

私はひとみにもはーいさんにも会わずに宮古島に帰った。この島はすっかり夏になっていた。暑い中で再びコーヒー農園に行って草刈りの作業に復帰した。

宮古島に帰って一週間ほど経った時に、農園長の浦添さんに声をかけられた。

「今日の農作業が終わったら私のところに来て。相談したいことがあるから」

「はい、わかりました」

何のことだろう。ここの農園に来てからすでに七か月が経って、仕事も少しは覚えることができた。この日も島の最も南にある第六コーヒー農園で作業をした。この日の相棒はニィさんだ。今年の一月に入ってきた。彼女はベトナム人だ。私がわずかな期間だがベトナムにいたので、コンビを組んでいる。とても陽気な人だ。ひとみのような逞しさも持っている。年齢は私より二つ上だ。

「ニィさんはベトナムへ送金してるの？」

「給料の半分は送ってる」

「偉いね。私なんかは全部自分のものよ」

「ベトナムから来ている子はみんな同じよ」

「そうなん。偉いよ、やっぱり」

昼に弁当を食べながら、こんな会話をしていた。

辞令

やがて、農作業が終わり、軽トラックで事務所まで帰った。浦添さんが待っていた。

「こっちの部屋に来て」

私は浦添さんについて応接間に入った。

「最初に言っておくけど、わが社の正社員になったよ。おめでとう。これが辞令だ」

浦添さんが辞令の用紙を渡してくれた。

「ありがとうございます」

「君は農場に来て、七か月が過ぎ、仕事もすっかり慣れたと思うが、本社から連絡が入って、北海道の稚内に農場を新設することになったので、君にそっちのスタッフとして行ってもらいたいと言っているんだが、どうかな」

「えっ、稚内ですか。そこで何をするんですか」

「コーヒーの栽培だよ。それにハスカップもね」

「稚内でコーヒーの栽培なんてできるんですか」

「露地栽培じゃなくて温室栽培だよ。稚内は日本海側に面していて、日照時間がけっこう長いから温室栽培をするには適しているんだよ。採れたコーヒー豆は北海道やロシアに向けて出荷するんだよ。君がこの島で携わったコーヒー栽培の経験を生かしてもらいたいんだ」

「わかりました。私の経験が生きるかどうかわかりませんが、行ってみます」

「そうかい。ありがとう」

「それから、ハスカップってなんですか」

「赤い実をつける小さな果実だが、これは北海道の日高から行くスタッフが中心になってやってくれると思うよ」

「わかりました。それで出発はいつですか」

「そうだな。五月の連休が終わってからかな」

「わかりました。出発の準備をします」

「ありがとう。快諾してくれて嬉しいよ。北海道にも住んだことがあって稚内周辺のことを知っているスタッフが欲しいということで、君が指名されたんだよ」

「稚内は通過しただけで、そんなに詳しいわけではないですけど」

「それで十分だよ」

「そうなんですか」

ということで、私は稚内に新しくできることになった農場に転勤することになった。

それで私は社員寮に帰って、引っ越しの準備を始めた。五月の稚内といえば、まだかなり寒い。向こうに行ってから服を買わなくてはならない。高校生の時に来ていた服はお祖母ちゃんの家に置いてきていた。

それから三日後に、農園事務所掲示板に私の転勤辞令が貼られて、私が転勤することがみんなに知られることになった。それで、私の送別会が行われた。

送別会は私が宮古島を出発する二日前に行われた。進行は社員寮友の会の副会長であるリーさんによって行われた。初めの挨拶は農園長の浦添さんだ。

「舞さんは昨年の八月にわが農園に着任して、暑い中でよく頑張ってくれました。高校時代は北海道にいたというから、その気候の変動にも疲れたと思います。今度は北海道に転勤ということで、戻ることになりました。体調に十分注意して頑張ってほしいと思います」

浦添さんと固い握手をした。続いて親睦会会長の宜名真さんが挨拶をした。

「舞さん、あなたがこの寮に暮らしたのは八か月でしたが、いっしょにいろんな話をしました。その中であなたが小学生の時に日本舞踊をしていたと聞き、何かしら所作にそれを感じました。高校は北海道の羽幌の高校に行っていたこと、高校卒業後はベトナムに行っていたこと、すごく印象に残っています。とても行動的な女性だと感じました。これから稚内に転勤しますが、将来はわが羅浦コーヒーグループを率いてください。期待しています。ありがとうございます」

宜名真さんとも固い握手をした。涙がこぼれそうだった。

「それでは、平迫舞さんに挨拶してもらいましょう」

大きな拍手が起きた。

「ありがとうございます」

私は深くお辞儀をした。

「私は二日後に稚内に転勤します。稚内は何回か通過したことがありますが、未知の街です。でも、羽幌に三年間いましたので、街の雰囲気がなんとなくわかります。その街でコーヒーづくりをするということで、びっくりしています。あの街でもおいしいコーヒーができるように頑張ります。これから、私を応援してください。この農園ではさまざまなことを教えていただき、ありがとうございました」

私はもう一度、深くお辞儀をした。

「それでは、乾杯したいと思います。乾杯の音頭は総務課長の多岐さんにお願いします」

多岐さんがビールの入ったコップを持って前に立った。

「みなさん、コップに飲み物が入っていますか」

「入っている」という声が上がった。

「それでは、乾杯したいと思います。平迫舞さんの前途と、わが社の前途を期待して、乾杯！」

「乾杯！」

「乾杯！」

みんなは大きな声を上げた。

私はマンゴージュースをいっきに飲み干した。これはわが社の石垣工場で作ったものだ。

「舞が遠くに行ってしまうって寂しいわ」

ニィさんが近づいて来て言った。

「私もよ。せっかくいっしょに仕事ができたのに悲しいよ」

「宮古島に来てね」

ニィさんの瞳から大粒の涙があふれ出てきた。

私は黙ってニィさんの手を握った。

リーさんが隣から、「今日はゆっくり飲もうよ」とささやいた。

「うん。私はマンゴージュースでごめんね」

「舞がビールを飲めるのももうすぐね」

「うん。稚内にいるうちには飲めるようになると思うけど」

とはいえ明日の仕事もあるので、送別会は十時で終了した。


翌日は、仕事の最後の片付けと荷造りをした。午後二時に宅配便のトラックが来て、荷物が出発していった。

私は、昨年の夏に初めて働いた第三コーヒー農園へ行ってみた。奥に入っていくと、コーヒーの木に白い小さな花が咲いていた。派手な美しさはないが可憐に咲いている。ここに来なければコーヒーの花を見ることはなかっただろう。

道路に出て軽トラックに乗り、コーヒー農園の事務所に向かった。道路沿いから見える海は、ライトグリーンに輝いていた。

宮古島の海よ、さようなら。今度ここに来るのは、いつのことだろうか。

私の出発はもうすぐだ。高木さんだけに転勤することをメールで知らせた。

これで何回目の旅立ちになるのだろうか。渡り鳥の人生になってしまった。渡り鳥というか、迷い鳥になってしまったのだろうか。

故郷は遠くにありて思うものだ。京都は遠くになっていく。私とお母さんの思い出の地、京都。お母さんが生きていたら何て言うだろうか。ひとみには稚内に着いてからメールをしよう。


とうとう宮古島を旅立つ日がやって来た。寮の同僚たちとは玄関前で別れた。下地空港には浦添さんと庶務の竹山さんが見送りに来てくれた。

「平迫さん、稚内のコーヒー栽培を成功させてください」

「はい。いろいろ教えてください」

「わかった」

「舞さん、あまり話せなかったけど、メールをします」

竹山さんは無口で物静かだったので、ほとんど話をした記憶がなかった。

「はい」

私は二人と握手をして、搭乗ロビーに入った。そして、機体に進んだ。機体の中は連休明けのためか、かなり空いていた。

やがて、離陸するために静かに動きだした。八か月間の宮古島の生活だった。機体はスピードを上げて空に浮いた。下に滑走路とともにライトブルーの海があった。

終

著者プロフィール

原 哲夫（はら てつお）

1948年（昭和23）、北海道生まれ。

北海道教育大学卒業。

京都市立養護学校および中学校に勤務する。

退職後に小説、随筆、児童文学の執筆に専念する。

著書に『ぼくの旅物語』（児童文学／健友館）、『遥かなる啄木』（文芸社）、『未来少女・舞』（文芸社）、『続・未来少女・舞』（文芸社）がある。

未来に生きる・舞

2021年11月15日　初版第１刷発行

著　者　原 哲夫
発行者　瓜谷 綱延
発行所　株式会社文芸社
〒160-0022 東京都新宿区新宿1－10－1
電話 03-5369-3060（代表）
03-5369-2299（販売）

印刷所　株式会社フクイン

ISBN978-4-286-23071-9